NOUVEAU DÉPART

DANS LA MÊME SÉRIE

1. La révélation
2. L'intrus
3. Pouvoirs secrets
4. La protectrice
5. L'étrangère
6. Le passager clandestin
7. La Pierre de Minuit
8. Le rebelle
9. Le renégat
10. Nouveau départ
11. Les assassins n'oublient jamais (novembre 2002)

ROSWELL™

MELINDA METZ

NOUVEAU DÉPART

Fleuve Noir

Titre original :
The Salvation

Traduit de l'américain par
Anne-Virginie Tarall

Série proposée par Patrice Duvic

ISBN : 2-265-07299-0

Pour Laura J. Burns –
Roswell ne serait pas ce qu'il est sans
ta créativité et ton dévouement.

CHAPITRE PREMIER

Liz Ortecho regardait la tombe ouverte. Au fond, le corps d'Adam était enveloppé du drap à fleurs qu'elle avait choisi.

Adam paraissait si petit.

Et si seul.

Des larmes montèrent aux yeux de Liz, lui brouillant la vue. Elle ne vit plus qu'une tâche floue.

La solitude, voilà ce que Adam détestait le plus au monde. Il avait passé presque toute sa vie dans un complexe souterrain, prisonnier des agents d'une organisation gouvernementale créée pour traquer les extraterrestres : le Projet Table Rase. Ces hommes, et les scientifiques qui s'étaient livrés à des expériences sur lui, avaient été ses seuls contacts avec le monde extérieur.

C'est tellement injuste !

Adam avait à peine commencé à vivre de façon normale… Il venait de se faire des amis – mieux, une famille. Et aujourd'hui…

Liz soupira.

Alex Manes lui serra l'épaule, puis lâcha dans la

tombe une photographie qui atterrit doucement sur le cadavre.

— C'est quoi ? demanda Liz en s'essuyant les yeux.

— Une photo du groupe prise le soir de la fête du Musée de l'OVNI, répondit Alex. Désolé, tu n'es pas dessus. Tu n'étais pas là.

— Ce n'est pas grave. Au moins, Adam a de la compagnie, maintenant…

Une mèche de ses longs cheveux bruns tomba sur les yeux de Liz. Elle n'esquissa pas un geste pour la repousser.

Maria DeLuca, sa meilleure amie, le fit à sa place.

A son tour, elle se campa au bord de la sépulture. Elle sortit de son sac à main sept flacons d'huile essentielle. L'un après l'autre, elle les vida dans le trou.

Le parfum des roses, de l'eucalyptus, du cèdre, du ylang-ylang, de la cannelle et des amandes flotta dans l'air.

Liz eut de nouveau les yeux voilés de larmes quand Maria vida la dernière petite bouteille dans la tombe. L'odeur des feuilles nouvelles, à peine écloses au soleil, lui chatouilla les narines, se mêlant aux six autres pour créer une harmonie unique.

Les feuilles vertes… L'odeur d'Adam, pensa Liz, le cœur serré.

Elle inspira à pleins poumons le parfum qui planait chaque fois que tous les sept – Max et Isabel

Evans, Michael Guerin, Maria DeLuca, Alex, Adam et elle-même, Liz Ortecho – se connectaient.

Leur union ne serait plus jamais la même sans la senteur de feuilles vertes nouvellement écloses d'Adam.

Pas sans le jaune de son aura mêlé au vert émeraude, au rouge foncé, au violet intense, à l'ambre crémeux, au bleu saphir et à l'orange solaire des leurs…

Pas sans la note de musique qui le caractérisait…

Liz inspira profondément, essayant de mémoriser ce parfum unique, de l'imprimer dans sa chair afin qu'il devienne pour toujours une partie d'elle-même.

Quand Maria recula, l'odeur des huiles s'estompait déjà.

— C'est gentil…, murmura Liz, la gorge nouée.

Maria hocha la tête, trop bouleversée pour émettre un son.

Isabel et Michael échangèrent un regard. La jeune fille s'agenouilla au bord de la tombe, murmura quelque chose que Liz n'entendit pas, se pencha et lâcha un objet. Un soleil jaune en plastique tomba à côté de la tête d'Adam.

Liz fut heureuse qu'Isabel y ait pensé. Elle détestait l'idée de savoir Adam de nouveau prisonnier de la terre, séparé de la lumière et de la chaleur par des couches de sable du désert.

Il est mort, se dit-elle. *L'endroit où il repose ne fait aucune différence.*

Mort.

Ce mot pesait sur son esprit et sur son cœur. Aussi lourd qu'une montagne !

C'était si vite arrivé, cette transition fatale de la vie à la mort... Un instant Adam se tenait à côté de Liz, dans l'entrepôt où DuPris effectuait des réparations sur le vaisseau spatial. Le suivant, il gisait face contre terre, transpercé de part en part.

Le cœur troué.

Même avec son cadavre au fond de la sépulture, Liz avait du mal à croire qu'Adam... n'était plus en vie.

Personne ne devrait mourir si vite, pensa-t-elle.

Il devrait toujours y avoir un laps de temps pour comprendre... Réagir... Se dire au revoir...

Liz observa la forme inerte de son ami. Au même instant, Isabel se releva avec grâce. Michael la remplaça au bord de la tombe, lui effleurant le bras au passage. Il baissa les yeux sur le cadavre et le regarda longuement. Puis il ouvrit son sac à dos, en sortant un grille-pain argenté.

— C'est trop lourd..., commença Liz.

Elle ne supporterait pas de voir le grille-pain s'écraser sur Adam.

Quelle importance ? Il est mort ! se morigéna-t-elle.

Elle devait l'accepter.

Michael jeta le grille-pain dans le trou. Utilisant ses pouvoirs, il compacta les molécules d'oxygène pour faire un coussin d'air. L'objet plana et atterrit avec la légèreté d'une plume.

— Nous avons eu DuPris ! dit Michael sans

quitter Adam des yeux. Il est mort. Non que ce soit une grande consolation pour toi…

Quand elle l'entendit prononcer le nom « DuPris », le cœur de Liz eut un raté. Elle revit l'instant fatidique où l'assassin s'était tourné vers Adam, orientant sur lui la puissance de la Pierre de Minuit. Il l'avait tué comme on écrase un insecte. Sans sourciller.

DuPris avait abattu Adam sans autre raison qu'illustrer son propos. Cela n'avait rien de « personnel ». Adam s'était trouvé au mauvais endroit au mauvais moment.

Liz eut l'estomac noué en songeant à la facilité avec laquelle DuPris avait agi. Oui, l'assassin était mort. Mais était-ce un châtiment suffisant pour les horreurs qu'il avait commises ? Il avait assassiné Adam… *et* ses parents, ainsi que ceux de Max et d'Isabel, de Michael et de Trevor, avant de faire s'écraser leur vaisseau spatial dans le désert du Nouveau Mexique, en 1947.

— Es-tu prête ? demanda Maria.

Liz comprit que c'était son tour. A contrecœur, elle avança au bord de la sépulture.

— Adam…

Liz hésita.

Que lui restait-il à dire ? A quoi bon, d'ailleurs ?

— Adam, j'ignore ce qui se passe après la mort… (Sa voix allait-elle se briser ?) Qui sait, peut-être le temps se replie-t-il sur lui-même, ou peut-être sommes-nous transformés en une forme différente d'énergie… Tu m'entends ? Qui pourrait le dire ?

La respiration haletante, elle luttait contre le chagrin. Elle ne voulait pas éclater en sanglots. Pas encore. Ou elle ne pourrait plus articuler un son…

Après seulement, elle donnerait libre cours à sa peine.

— Si tu m'entends, sache que jamais je ne t'oublierai, ajouta-t-elle, de grosses larmes roulant sur ses joues. Un peu de toi vivra toujours en moi, comme un peu de ma sœur Rosa… Ainsi… peut-être ne seras-tu plus jamais seul.

Elle ouvrit le sachet qu'elle tenait serré contre sa poitrine, en sortit une boule en plastique (comme celle qu'on retourne pour faire tomber la neige sur un paysage)… Celle-ci contenait une réplique de l'Empire State Building. Elle l'avait acheté quelques années plus tôt, rêvant de quitter Roswell pour aller vivre à New York…

Aujourd'hui, elle voulait qu'il accompagne Adam dans sa dernière demeure.

Tournant la tête, elle croisa le regard de Michael, par-dessus son épaule.

— Tu veux bien m'aider ?

Le jeune homme la rejoignit en deux enjambées. Liz tourna la clé, à la base du globe ; la chanson *New York, New York* retentit.

Liz fit signe à Michael, puis lâcha le globe qui descendit lentement rejoindre Adam, les minuscules flocons de neige virevoltant autour de la tour miniature.

— Je suis désolée. Nous n'irons jamais à New York ensemble…

— Couvrons-le, dit Michael.

Il prit la main de Liz et tendit l'autre à Isabel, qui y glissa la sienne. Liz fit de même avec Alex, qui referma les doigts sur ceux de Maria.

Quelques secondes plus tard, la connexion se reforma naturellement. Mais sans Adam, et sans Max, elle était comme… affadie.

Liz refusa de penser à Max. Elle ne pouvait pas se le permettre. Pas encore. Elle l'avait perdu, lui aussi, presque aussi sûrement qu'Adam… Et elle avait terriblement peur… d'en être brisée, réduite à l'état pitoyable d'une poupée de chiffon.

Elle se concentra sur la connexion, sentant le pouvoir coller entre eux et tirant du réconfort des auras de ses amis, qui semblaient l'envelopper.

Michael projeta une image d'Adam en train de manger du pain grillé avec l'air de quelqu'un qui assiste à un miracle. Maria répondit avec une image d'Adam exécutant la « danse de l'extraterrestre ». Alex ajouta une vision d'Adam, concentré sur les circuits d'un gadget électronique. Isabel montra Adam retirant ses lunettes noires et offrant son visage ravi à la caresse du soleil. Enfin, Liz envoya une image des yeux verts brillant d'Adam, remplis de vie, d'émerveillement et d'amour.

Ensemble, ils focalisèrent le pouvoir de leur connexion sur le monticule de terre, près de la tombe, et la recouvrirent.

Il ne resta aucun signe de la sépulture.

Plus petites que l'ongle du pouce de Michael, les deux Pierres de Minuit ne pesaient pratiquement rien. Pourtant leur présence, dans la poche de son pantalon, lui était presque intolérable. Il avait l'impression de se promener avec deux bombes nucléaires.

Il sortit la vieille carte des Etats-Unis de la niche aménagée dans la paroi de calcaire tendre – une des rares choses qui s'y trouvaient encore. Depuis qu'il avait son propre appartement, n'étant plus le yo-yo des services sociaux, Michael passait moins de temps dans la grotte où Max, Isabel et lui étaient « nés ». Aujourd'hui, penser qu'il l'avait longtemps considérée comme son ultime refuge lui semblait… bizarre.

Il déplia la carte. Il devait trouver une cachette sûre où personne n'irait chercher les Pierres de Minuit. Donc, sélectionner un endroit sans aucun lien avec lui – là où il n'avait jamais mis les pieds.

Un lieu choisi au hasard.

— Il tourne et tourne… Où il s'arrête, personne ne le sait, murmura-t-il, les yeux fermés.

Son index droit décrivit des cercles au-dessus de la carte puis se posa… Michael rouvrit les yeux. Le hasard avait désigné Montauk, dans l'Etat de New York. La petite ville se situait à la pointe de Long Island.

Se téléporter là-bas à l'aveuglette serait risqué. Qui savait s'il n'y aurait pas de témoin à sa rematérialisation ? Mais en ce moment, il faisait nuit sur la Côte est et les probabilités qu'il se rematérialise sous les yeux d'un agent du Projet Table Rase seraient quasiment nulles.

Michael se concentra sur la plage de Montauk... Ses molécules s'écartèrent les unes des autres. Il s'efforça de ne pas résister lorsque son corps commença à... « s'éparpiller ».

Quand il se rematérialisa, il était seul. Ou presque. Le gros Labrador noir qu'il découvrit ne semblait pas impressionné outre mesure par les pouvoirs de l'« extraordinaire extraterrestre ».

Bien.

Michael sonda l'étendue de sable. Il fut tenté de jeter les Pierres de Minuit dans l'écume des vagues... Mais il se ravisa très vite. Un jour, ses amis et lui en auraient peut-être besoin.

Parfois, être en possession de l'arme nucléaire avait du bon.

Il repéra un gros rocher entouré de plusieurs petits, courut jusqu'à cette formation naturelle et se concentra sur la surface déchiquetée du roc le plus grand. Ses facultés mobilisées, il repoussa un groupe de molécules. Le rocher changea de forme, un creux apparaissant. Quand la dépression fut assez profonde, Michael y posa les Pierres de Minuit, puis remit en place les molécules.

— Et voilà, je n'aurais pu trouver meilleure cachette..., murmura-t-il.

Après un dernier coup d'œil, il disparut.

Dès qu'il se fut rematérialisé dans le salon de son appartement, au-dessus du Musée de l'OVNI, il se précipita dans la chambre. Isabel, Maria, Liz, Alex et Trevor, son frère, étaient rassemblés autour du lit.

Ils y avaient étendu Max.

A la vue de son meilleur ami, aussi inerte qu'un gisant, Michael eut le cœur serré.

On se croirait à de secondes funérailles !

— Comment va-t-il ? demanda-t-il.

Personne ne parut décidé à lui répondre. Il vit ses amis échanger des regards lourds de signification.

— Aucun changement, lâcha Alex, se forçant à le regarder fugitivement dans les yeux.

— Le savoir là, quelque part… C'est horrible, balbutia Maria. Te rappelles-tu le roman que nous avons dû lire en littérature, Iz ? Tu sais, l'histoire d'un type emmuré dans une cave… Il avait survécu et…

A voir la tête de Liz, on aurait juré qu'on venait de nouveau de lui tirer dessus…

Maria vira au cramoisi.

— Et… Je ferais mieux de me taire. Navrée. Quand je suis bouleversée, je deviens idiote.

— Ça n'a rien d'idiot, la contredit Liz, ses yeux bruns rivés sur le visage de Max. Tu as raison. Il est prisonnier de son propre corps.

Michael jeta un coup d'œil à son ami. Il se sentait incapable de le regarder en face. Les yeux vides et l'absence d'expression de Max le faisaient frissonner.

— Trevor, cela arrive-t-il souvent à ceux qui sont

connectés à la conscience collective ? demanda Alex.

Il avait profité de sa question pour tourner le dos au lit. Comme Michael, Alex ne supportait plus de voir Max dans cet état.

— Oui, renchérit Maria, se détournant à son tour. C'est toi l'expert, non ?

Ayant grandi sur leur planète d'origine, Trevor était le seul susceptible d'avoir une expérience de ce genre. Michael dut se faire violence pour ne pas l'attraper et le secouer jusqu'à ce qu'il crache le morceau. Ils devaient secourir Max !

— Dans le cas présent, la conscience collective a opté pour des mesures extrêmes, dit-il en secouant la tête. (Il passa les doigts dans ses cheveux bruns.) D'habitude, elle ne prend pas possession d'un corps de cette manière sans une bonne raison. Il faut en conclure qu'elle a un plan. Elle veut une chose que détient Max.

Les Pierres de Minuit, déduisit Michael.

Savoir que *lui* seul connaissait leur cachette ne lui était pas d'une grande consolation.

— Et jusqu'à ce qu'elle décide de l'utiliser, il restera…

Isabel désigna la silhouette immobile de son frère.

— C'est ce que je crois, en tout cas, confirma Trevor.

— Je commence à me sentir dans la peau de Grincheux ou de Simplet, avoua Alex, se grattant la tête.

— Grincheux ? Simplet ? De quoi parles-tu ? demanda Michael.

— Désolé. Je viens de faire un truc typique de Maria, répondit son ami avec un rire nerveux. Je voulais dire que nous sommes tous là à regarder Max… Tu sais, comme les sept nains avec Blanche Neige après qu'elle eut croqué la pomme et fut plongée dans un sommeil surnaturel…

Personne ne rit.

Michael ne put plus supporter leur défaitisme. Ses amis avaient-ils tous baissé les bras ? Pour sa part, il ne resterait pas là sans rien faire.

Il se tourna vers son frère, ses bras croisés froissant sa veste en jean.

— Tu veux anéantir la conscience collective et nous avons décidé de t'aider, lui rappela-t-il, plongeant son regard dans le sien. C'est peut-être la seule solution pour sauver Max. Alors ?

Trevor gagna le bureau placé contre un mur, s'assit au bord et ferma les yeux. Son attitude ne dit rien qui vaille à Michael.

— DuPris voulait que j'utilise la Pierre de Minuit prise à Alex pour ouvrir un vortex qui m'aurait permis de rallier notre planète, répondit-il. J'étais censé rassembler un escadron de la Fraternité et entrer de force dans la salle du Consortium. Là, je devais lui rapporter la troisième Pierre de Minuit. Avec les trois, DuPris aurait anéanti la conscience collective.

— Il avait donc un plan, dit Michael.

— Oui : tuer tous ceux qui seraient impliqués,

confirma son frère. La troisième Pierre de Minuit est protégée par les défenses très performantes de notre planète. La voler entraînerait un carnage.

— Oh…

La frustration de Michael augmenta.

— J'ai dit à DuPris qu'il devait exister d'autres moyens – pourquoi se lancer dans une mission suicide… ?

Trevor se leva et fit les cent pas.

— Mais il n'avait aucun problème avec…

— … Le fait de tuer pour le plaisir, termina Isabel.

Michael serra les poings de colère. Hélas, il ne pouvait pas ressusciter Adam. En revanche, il restait un espoir pour Max, qui était encore en vie.

Enfin, en quelque sorte…

Michael devina que ses amis pensaient tous la même chose. Comme un seul homme, ils s'étaient tournés vers Max.

— Il doit y avoir un autre moyen…, commença Alex.

— Attendez, coupa Liz, les yeux écarquillés. Je ne suis pas sûre… (elle baissa la voix)… qu'en parler *ici* soit une excellente idée.

— Tu as raison, dit Michael.

Il était possible que la conscience collective entende ce qui se disait autour de Max. Qui savait si leur ami n'était pas devenu un « transmetteur biologique »… ?

Michael précéda ses amis dans la cuisine et se plaça derrière une chaise, les mains sur le dossier.

— Il faut que je vous dise quelque chose, continua Trevor, qui imita la posture de son frère pendant que les autres s'asseyaient.

Michael sentit la panique le gagner. Au ton de Trevor, il était clair qu'il n'aimerait pas ce qui allait suivre.

— Vous voulez m'aider à anéantir la conscience collective parce que vous croyez que cela libérera Max… (Trevor dansa d'un pied sur l'autre, mal à l'aise.) Ça pourrait se produire. Mais il est plus probable qu'il en mourra.

— Quoi ? s'écria Liz, affolée.

— Une fois la conscience collective détruite, les êtres qui la composent ne lui survivront sans doute pas, expliqua Trevor. Puisque Max est sur Terre, ce sera peut-être différent pour lui, mais…

Michael se laissa tomber sur une chaise, les jambes coupées.

— Nous ne pouvons pas anéantir la conscience collective, dit Isabel. Impossible !

Maria toucha l'épaule de Michael, si brièvement qu'il crut avoir rêvé.

— Mais avons-nous le choix ? demanda-t-elle, regardant tour à tour Isabel, Liz et Michael. Si Max était encore comme il y a quelques jours – parfois absorbé par sa connexion à la conscience collective, mais libre de ses mouvements – il lui resterait un semblant de vie. Aujourd'hui…

— Il est pour ainsi dire mort, souffla Isabel d'une voix sans timbre.

— Iz…, commença Michael.

— Maria a raison ! Anéantir la conscience collective tuera peut-être Max, mais c'est aussi le seul moyen susceptible de le sauver !

La voix d'Isabel était coupante comme une lame de rasoir... Michael la connaissait assez pour voir que c'était une façade. Au fond, elle gémissait et s'arrachait les cheveux de désespoir.

Quoi qu'ils décident, ils devraient agir vite. Aucun d'eux ne supporterait de vivre ainsi longtemps. Ne pas savoir était sans doute la pire chose au monde.

— Alors, que faire ? demanda Michael, impatient de passer à l'action. Quel est ton plan, grand frère ?

Trevor flanqua un coup de talon dans le placard de la cuisine.

— Je n'en ai aucun pour l'instant, avoua-t-il.

— On devrait pouvoir augmenter la puissance des deux Pierres de Minuit en notre possession, dit Alex, accoudé à la table. Avoir la troisième n'est peut-être pas impératif.

Isabel jeta un coup d'œil à l'horloge accrochée au-dessus du four et se releva.

— Je ne peux rien faire pour l'instant, dit-elle. Mes parents comptent sur moi pour le dîner. Ce soir, la famille se réunit. Je ne peux pas y échapper... (Ses yeux s'emplirent de larmes.) Je devrai sans doute prétendre que Max travaille sur un projet de science avec Liz...

Elle plissa les yeux, comme pour refouler ses larmes.

— Ça fait trois jours… Je commence à être à court d'excuses.

— Si je prenais l'apparence de Max pour faire une apparition chez vous ce soir ? proposa Michael. Combien de temps faudra-t-il pour anéantir la conscience collective ? Nous l'ignorons. L'état végétatif de Max risque de durer des semaines…

— Je m'en charge, dit Trevor. Comme ça, tu pourras rester avec lui.

— Vraiment ? demanda Michael.

Son frère hocha la tête.

— Merci, Trevor. Il faudra que tu résides chez les Evans quelque temps. Isabel t'empêchera de faire des gaffes.

— Maria et moi travaillons au *Crashdown* ce soir, dit Liz. Si l'un de vous a une idée, nous en parlerons demain au lycée.

— Parfait, dit Michael.

Maria, Liz, Isabel et Trevor sortirent.

— Veux-tu que je te tienne compagnie ? demanda Alex.

— Non, vas-y aussi. Je te verrai demain.

— Appelle-moi si tu as besoin de parler…, dit Alex.

Il partit à son tour.

Michael resta seul dans la cuisine un long moment. Jusqu'à ce qu'il ait le sentiment d'étouffer…

— C'est Max. Encore et toujours Max ! explosa-t-il.

Il bondit et courut dans la chambre, où il s'assit au bord du lit.

— Toc, toc…

Il cogna doucement le front de Max, comme s'il s'agissait d'une porte.

— Te souviens-tu des histoires qui commençaient par « Toc, toc » quand nous nous sommes rencontrés ? La plupart étaient nulles ! Il faut que je t'avoue un truc : je riais uniquement parce que je suis un mec poli. Tu sais à quel point je suis délicat, pas vrai ?

De ses yeux vides et ternes, Max fixait le plafond.

Michael frappa de nouveau sur son front, plus fort.

— Toc, toc !

Rien.

— D'accord, je réponds à ta place… Qui est là ? Bouh ! Bouh *qui* ? Pourquoi pleures-tu, gros bébé ?

Il écarta les mèches de cheveux du front de Max.

— Te souviens-tu de celle-là ?

Pas de réponse.

Michael eut soudain le sentiment qu'il n'entendrait plus jamais la voix de Max.

CHAPITRE II

— Voilà, Trevor, c'est la chambre de Max, annonça Isabel.

Elle ouvrit la porte et l'invita à entrer.

— Mon frère se contente du minimum. Tu trouveras ici un ordinateur, des livres et des vêtements. Plus, des tas de souvenirs en rapport avec Liz, dans une boîte, au fond du placard… Il ignore que je suis au courant, bien sûr…

La douleur transperça le cœur d'Isabel, tel un dard empoisonné. Max était devenu très différent de celui qui avait collectionné ces petits riens parce qu'ils avaient un lien avec Liz.

Différent… C'est ça.

Elle aurait pu dire que son frère était *différent* s'il avait été torturé par ses hormones, se conduisant comme le dernier des crétins.

Dieu, si seulement ça n'était pas plus grave que ça !

— Autre chose que je dois savoir ? demanda Trevor.

— Essaie de te comporter comme lui : montre-toi responsable, logique, un peu saint sur les bords et… et…

Isabel déglutit péniblement.

Elle regarda autour d'elle, cherchant quelque chose à ranger. Pourquoi fallait-il que Max soit si ordonné ? Elle devait s'occuper les mains… et l'esprit.

Se tournant vers une étagère, elle entreprit de classer les livres par ordre de grandeur.

— Tu te débrouilleras très bien, conclut-elle.

— Michael m'a averti que tu nettoies et ranges chaque fois que tu es bouleversée ou effrayée, dit Trevor.

— Je ne suis pas effrayée ! Et Michael ferait bien de la fermer !

Elle hésita, un livre à la main. Si elle les classait plutôt par couleurs ?

— Vraiment pas ? insista Trevor.

Il s'adossa à la bibliothèque, un sourcil levé.

— D'accord, je suis effrayée !

Elle posa le livre, voulut en prendre un autre, à la tranche rouge, puis se ravisa. Comment les ranger ? Par couleur ou par taille ? Par ordre alphabétique ?

Elle tendit la main vers un ouvrage d'Asimov.

Trevor la saisit par les poignets et l'entraîna vers le lit, la forçant à s'asseoir près de lui.

— Parle-moi, dit-il, la dévisageant de ses yeux gris.

— Je ne suis pas d'humeur !

Elle n'arrivait pas à comprendre ce type. Ils se

connaissaient à peine et il s'attendait à ce qu'elle lui ouvre son cœur ? Qu'elle se révèle dans toute sa vulnérabilité ?

D'accord, nous avons dansé ensemble et c'était merveilleux...

Il l'avait aidée à traverser son *akino* sans devoir se connecter à la conscience collective. Mais elle n'avait pas à lui offrir les clés de son âme sur un plateau ! Ça n'était pas son style.

Isabel défia Trevor du regard. Il devrait s'excuser, parce que...

Il soutint son regard.

— J'avais peur de DuPris, admit-il, rompant le silence. Surtout quand j'étais obligé de me connecter à lui pour combiner nos pouvoirs. Ce que je voyais dans sa tête... Je ne l'oublierai jamais.

— Quand t'a-t-il obligé à te connecter à lui ?

— Presque dès le début...

— Et tu es resté avec lui après avoir découvert quel genre d'individu c'était ? En sachant qu'il était monstrueux ?

Je ne connais vraiment *pas Trevor*, pensa Isabel.

D'évidence, ce type avait de sérieux problèmes. Sinon, comment aurait-il pu soutenir DuPris et lui servir d'assistant ?

La gorge de Trevor rougit. Il posa les doigts dessus.

— Le corps humain est décidément trop sensible aux émotions.

— Réponds à ma question ! ordonna Isabel.

— Oui, je suis resté avec lui.

Il se frotta la gorge, comme pour effacer sa gêne.

— J'ai été élevé dans la croyance qu'un sacrifice consenti au nom de la cause – la rébellion contre la conscience collective – était un honneur. Plus le sacrifice est grand, plus on se couvre d'honneur.

— Ça n'explique pas tout !

Isabel croisa les bras sur sa veste en cuir, le toisant sans aménité. Elle l'avait ferré ! Il ne s'en sortirait pas avec une pirouette. C'était trop grave.

— Connecté à DuPris, je voyais des images de tortures, de cruautés inimaginables… Il me répétait qu'il s'agissait de sacrifices nécessaires à notre cause. Ça me rendait malade. Mais rien ne comptait plus que la destruction de la conscience collective – peu importait le prix à payer.

Il se leva et arpenta l'espace entre le lit et la commode. Puis il regarda sa compagne dans les yeux.

— Je suis resté, même après avoir appris qu'il avait tué nos parents, à Michael et à moi… Je n'arrivais toujours pas à le considérer comme un monstre. Pour moi, c'était un être déterminé. Prêt à tout pour mettre un terme à l'hégémonie de la conscience collective. Je l'ai cru quand il m'a expliqué que nos parents devaient mourir. Sinon la Pierre de Minuit serait retournée sur notre planète et toutes nos chances d'anéantir la conscience collective auraient été perdues à jamais.

Des larmes perlèrent au coin des yeux d'Isabel. Trevor ne parlait pas seulement du sort réservé à ses parents. Les leurs, à Max et à elle, avaient subi le même.

Trevor parlait de plus en plus vite, les mots se bousculant sur ses lèvres.

— Je croyais que notre cause valait tous les sacrifices ! Aucun prix ne serait trop élevé, si ça devait nous rapprocher du jour où la conscience collective serait anéantie et où les habitants de notre planète seraient enfin libres !

Isabel pensa à Max. Il ne pouvait plus parler ni bouger, à moins que la conscience collective ne l'y autorise. Elle-même avait risqué la mort plutôt que de se connecter et de finir comme son frère. Elle pouvait comprendre Trevor. Il avait été prêt à tout accepter, jusqu'au sacrifice de ses parents pour que son rêve devienne réalité…

Elle essuya ses paumes moites sur le couvre-lit.

— Qu'est-ce qui t'a fait changer d'avis sur DuPris ?

— Le meurtre d'Adam. Ce n'était pas un sacrifice nécessaire à l'anéantissement de la conscience collective… Il s'agissait d'un acte cruel et gratuit. Alors, j'ai compris que DuPris était un monstre.

Les filaments de la honte, d'un vert glauque, déchirèrent l'aura de Trevor, des explosions écarlates de colère éclatant simultanément.

Une colère dirigée contre lui-même…

— Tu as tué DuPris une seconde après avoir compris la vérité. A tes yeux, c'était un héros. Tu as été élevé dans cette croyance. Pourtant, tu n'as pas hésité à lui régler son compte. Ne l'oublie jamais.

Quelques filaments verts pâlirent, puis disparurent.

— Merci, murmura Trevor.

Il revint s'asseoir près d'elle. Isabel sentit son aura effleurer la sienne sans que leurs corps se touchent.

Il combat avec les gentils, pensa-t-elle.

— Il ne se passe pas une minute sans que je pense à Max, dit-elle.

Sa franchise la surprit. Pourquoi orientait-elle la conversation sur ce sujet ?

Elle jeta un coup d'œil à la bibliothèque de son frère. Le désir de ranger la démangeait, mais elle y résistait.

Pour ne pas céder à la tentation, elle se rapprocha de Trevor qui, par son silence, l'encourageait à se confier.

— Si quelque chose devait lui arriver…

Elle s'éclaircit la gorge, la voix brisée.

— C'est déjà fait, non ? Mais si… je ne crois pas que je pourrais…

Elle secoua tristement la tête.

— Je ne peux pas en parler !

— Tu n'es pas obligée. Et tu n'es pas contrainte de traverser seule cette épreuve. Michael et les autres te soutiennent.

Il hésita, puis lui prit les mains.

— Je suis là aussi…

Ils restèrent assis côte à côte en silence. Quand la pièce fut devenue obscure, Isabel entendit la porte d'entrée s'ouvrir et les voix de ses parents résonner dans le couloir.

— Tu ferais bien de te métamorphoser, dit-elle à son compagnon.

Elle tendit une main vers l'interrupteur de la lampe de chevet et alluma. Les yeux et les cheveux de Trevor avaient déjà changé de couleur.

Max apparaissait !

Sauf que ce n'était pas vraiment lui…

Depuis quand n'avait-elle plus été avec son frère ?

Un sac en papier dans les bras, Liz gravit l'escalier de l'appartement. Michael ouvrit avant qu'elle n'ait pu frapper.

— Je devais rendre visite à Max avant d'aller au lycée…

— Veux-tu que je vienne avec toi ? demanda-t-il.

— Non, ça ira.

Il s'écarta pour la laisser entrer.

— Dans ce cas, je vais me goinfrer de beignets, comme j'en avais l'intention.

Il posa une main sur le bouton de porte.

— Vas-y. Tout se passera bien. Je fermerai en partant.

Liz traversa le salon et le couloir d'un pas décidé. Mais elle dut s'arrêter devant la chambre à coucher et se préparer à la vue du corps sans vie de Max.

Elle trouva le courage d'entrer.

— Hum, je t'ai fait des muffins aux myrtilles et aux piments jalapeño, ceux que tu préfères ! annonça-t-elle.

Sa voix lui sembla affreusement trop aiguë. Une horreur !

— Je les laisse sur la commode, d'accord ? Je suppose que la conscience collective t'autorisera à manger, à un moment ou à un autre.

Ne serait-ce que pour se servir encore de toi…

Elle s'assit au bord du lit et regarda Max, luttant pour ne pas détourner les yeux de sa bouche entrouverte et de ses yeux ternes.

— Je sais que tu es là, quelque part… Je ferai comme si tu pouvais m'entendre.

Et maintenant ? Elle tourna la tête à gauche puis à droite, faisant craquer ses vertèbres cervicales.

— Récapitulons, tu veux ? Elsevan DuPris étant mort, tu n'as plus à t'inquiéter à ce sujet – je sais à quel point tu adores te ronger les sangs pour tout et n'importe quoi… Nous sommes en sécurité. Aucune crise à l'horizon…

Excepté celle qui te concerne.

— Hélas, j'ai de mauvaises nouvelles. Adam est mort, Max… DuPris l'a tué.

Dans les yeux du garçon, pas trace d'émotion ou de lucidité…

— J'ignore si tu t'en es aperçu, mais Adam avait un gros faible pour moi. Et quand tu… as commencé à t'absenter de plus en plus, je me suis rapproché de lui. En sa compagnie, je me sentais bien. J'avais le sentiment d'être… spéciale.

Des larmes brûlèrent les paupières de Liz au souvenir de ces moments privilégiés. Mais elle devait garder son calme. Ce n'était pas en venant pleurer sur Max qu'elle l'aiderait !

— J'ignore pourquoi je te dis tout ça…

Elle se mordilla les lèvres.

— Mais même si j'aimais beaucoup Adam, je n'étais pas amoureuse de lui. C'est toi que j'aime, Max.

Liz le regarda de nouveau dans les yeux.

Rien.

— Tu auras peut-être du mal à le croire… (L'entendait-il ? Elle l'espérait du fond du cœur.) J'ai rompu avec toi, c'est vrai. Mais tu étais tellement soumis à la conscience collective que tu n'étais plus toi-même. Ce que je ressens pour toi n'a pas changé. Je t'aime. Plus que tu ne pourrais l'imaginer.

Elle caressa du bout des doigts la joue de Max.

— Je dois y aller. Au lycée, je veux dire… (Elle se leva.) Je reviendrai.

Elle fit quelques pas en direction de la porte, puis se retourna.

— Nous avons saisi ton message, ce jour-là, dans le hangar. Tu es prisonnier de ton propre corps. Nous t'avons tous entendu crier à l'aide. Je te le promets, nous te sortirons de là.

Un petit cri lui échappa quand elle vit les yeux de Max…

Brillants et plein de vie !

Il s'assit, sortit du lit et avança vers elle sans la quitter des yeux.

Liz faillit se jeter dans ses bras. Mais quand il parla, elle se pétrifia.

— J'ai été soulagé que tu décides de rompre. Ça m'a évité de chercher une excuse pour arriver au même résultat.

— Quoi ?

Reculant involontairement, Liz sentit la poignée de la porte lui rentrer dans le dos.

— Un temps, j'ai aimé avoir une petite amie humaine. Maintenant, grâce à la conscience collective, je sais ce qu'est la vie sur ma planète. Et je n'ai qu'une hâte : y retourner. Comme il n'est pas question de t'emmener avec moi…

Il haussa les épaules.

— C'est aussi bien que nous ne soyons plus ensemble.

— Quoi ? répéta Liz.

C'était *Max* qui parlait ainsi. Elle en était certaine. Chaque fois que la conscience collective le contrôlait, son visage perdait toute expression. Or, il clignait des paupières. Ses yeux brillaient. Sa peau avait de belles couleurs. Bref, il paraissait en excellente santé.

Il était à cent pour cent *là*.

Mais comment pouvait-il lui débiter de pareilles horreurs ?

— Quoi ? répéta-t-il avec un sourire méprisant. Tu veux que je te mette les points sur les « *i* » ? Je ne t'aime pas. Je ne t'ai jamais aimée. J'ai pris du bon temps avec toi, mais aujourd'hui, il faut que je retourne sur ma planète. C'est là qu'est ma place. J'ai besoin des Pierres de Minuit. Sans elles, je ne peux pas ouvrir de vortex.

— Tu ne m'as jamais aimée ?

Les mots lui semblèrent coupants comme des lames de rasoir tant ils étaient douloureux à prononcer. Elle s'étonna de ne pas sentir le goût du sang dans sa bouche.

— Je… ne… t'ai… jamais… aimée. L'ai-je dit assez lentement cette fois pour que tu comprennes ?

Il était si près qu'elle sentait son souffle et l'odeur si familière de son corps… Tout en lui paraissait terriblement familier. Pourtant, le garçon qui lui parlait était un parfait étranger.

— Tu mens ! dit-elle. J'ignore pourquoi, mais tu mens ! Qu'essaies-tu de faire ? Me protéger ? Je sais que tu m'aimes ! Tu n'aurais pas pu me jouer la comédie à ce point. Je l'aurais su.

Max éclata de rire, secouant la tête comme s'il avait affaire à une gamine têtue.

— Beaucoup de filles racontent la même chose… Pourquoi serais-tu plus maligne que les autres ? Allez, dis-moi où sont les Pierres de Minuit et je disparaîtrai pour toujours.

Le cerveau de Liz recommença à fonctionner. Les Pierres de Minuit. Tout ça pour ces foutus cailloux ! Il avait trop insisté là-dessus.

Elle l'étudia. Oui, il avait l'air pleinement conscient, mais elle n'avait jamais vu une telle dureté dans son regard. Il y avait une explication très simple : ce n'était pas vraiment lui. Contrairement à ce qu'elle avait cru, Max n'était plus aux commandes de son corps. Une fois de plus, la conscience collective le manipulait, jouant avec les sentiments et les émotions de la jeune fille. Dans un seul but : récupérer les Pierres de Minuit.

— Je ne sais pas où elles sont.

C'était la vérité. Dans le cas contraire, elle aurait menti sans vergogne.

— Si tu crois que mes sentiments changeront si tu me retiens ici, tu te trompes ! dit Max. Plus je passerai de temps en ta compagnie, plus je serai convaincu qu'entre nous, ça ne pouvait pas durer. Mes capacités sont infiniment supérieures aux tiennes. Je ne me contenterai jamais d'une partenaire aussi limitée !

Ce n'est pas Max, se répéta Liz. *Ce n'est pas le garçon que j'aime.*

Mais ses paroles lui firent très mal.

— Dis-moi où sont les Pierres de Minuit, Liz !

Entendre cette... *créature*... prononcer son nom la fit frémir.

— J'ignore où elles sont !

L'entité qui se faisait passer pour Max battit des paupières et s'affaissa comme une marionnette dont on aurait coupé les fils.

Max luttait contre l'océan d'auras qui l'entraînait

vers le fond. Il fallait qu'il remonte à la surface ! Il devait rejoindre Liz !

Mais il n'était pas assez fort. Les auras pesaient sur lui comme des milliards de litres d'eau. Elles l'immergeait au sein de la connexion, l'éloignant de sa bien-aimée.

— *Liz !* cria-t-il de toute la force de son esprit. *Liz !*

Il n'obtint pas de réponse. Comment l'aurait-il pu ?

Il envoya aux êtres qui l'entouraient des images de torture et de viol d'intimité. Il voulait leur faire comprendre ce qu'il éprouvait en voyant son corps et son cerveau manipulés sans son consentement.

Des ondes de sympathie lui parvinrent, venant des entités les plus éloignées. Ainsi, on le gardait hors de portée de ceux qui auraient pu vouloir l'aider…

Des images s'imposèrent à son esprit. Il se vit en train de chercher les Pierres de Minuit, puis d'ouvrir un vortex pour retourner sur sa planète d'origine.

L'image suivante fut le visage de Liz. Elle avait l'air blessé.

Elle se démultiplia, formant comme un kaléidoscope de clichés. Le message était douloureusement clair. Ou il rapportait les Pierres de Minuit sur sa planète, ou, à travers lui, la conscience collective blesserait tous ceux qu'il aimait…

Max hurla de rage. Il se jeta sur les auras qui l'entouraient, mobilisant toute l'énergie et la détermination qu'il lui restait pour se frayer un chemin vers la surface. Il devait retrouver Liz, lui dire à quel point il était désolé, combien il l'aimait…

Mais les auras étaient trop nombreuses. Des milliards.

Quand elles le firent plonger de nouveau, il n'essaya plus de lutter.

CHAPITRE III

Alex claqua la porte de son casier, ferma le cadenas et traversa le hall du lycée. Quelles que soient les transformations qu'il avait subies en passant par le vortex, l'effet semblait permanent. Sur son passage, les filles continuaient de le dévorer des yeux, comme s'il était devenu une denrée comestible.

C'était effrayant... et très cool.

Maria sourit en le voyant. Quand elle l'eut rejoint, elle s'éventa d'une main et prit une voix rauque un peu haletante.

— Je ne sais pas pourquoi, dès que je suis près de toi, j'ai des bouffées de chaleur... Je me sens toute chose !

Elle battit des paupières, puis feignit de tomber dans les pommes.

— Il faudra que je me munisse de ces trucs..., fit Alex. Comment les appelle-t-on, déjà ? (Il attrapa son amie par les épaules.) Ah, oui, des sels !

Maria gloussa.

— Excellente idée ! Si tu n'y remédies pas, tu finiras par être dragué par des filles couvertes de plaies et de bosses à force de s'évanouir à tes pieds !

Souriant, Alex passa un bras autour du cou de son amie.

— Même si je suis devenu le chéri de ces dames, tu n'auras plus besoin de te moquer de moi pour me ramener à la raison ! dit-il, soudain très sérieux. Quoi que nous décidions de faire pour anéantir la conscience collective, je serai là.

Il se sentait gêné d'avoir abandonné ses amis face à DuPris. Ebloui par son statut d'étalon, il s'était tellement piqué au jeu qu'il en avait perdu de vue l'essentiel. Au moins jusqu'à ce que Maria, au milieu d'un rendez-vous galant, le traîne hors d'une salle de cinéma pour le lui rappeler...

— Je sais, dit Maria. Nous le savons tous. Tout le monde a le droit de faire des bêtises de temps en temps !

Elle haussa les épaules.

— Si je m'étais soudain transformée en déesse de l'amour, je n'aurais pas agi différemment...

— Merci, Maria.

En passant, Arlene Bluth fit un clin d'œil à Alex. Il lui lança une œillade torride.

Seigneur ! Ai-je vraiment fait ça ? C'est d'un ringard !

— Je ne disais pas ça pour t'enfoncer ! précisa Maria. Après tout, pourquoi ne pas profiter de ce que la vie met sur ta route ? C'est vrai, elle est courte. Terriblement...

— Oui, répondit Alex.

Il fit un gros effort pour ne pas éclater de rire.

— Incroyablement, même. Comme ça… !

Maria voulut claquer des doigts, en vain.

— Je me suis trop hydraté les mains, murmura-t-elle. Tu me comprends, n'est-ce pas ? La vie est trop courte…

Sa voix tremblait. Ses yeux clairs étaient embués de larmes.

Sur l'échelle de la déprime, elle était passée de zéro à cent en trois secondes chrono.

— Oui, la vie est courte, répéta Alex, décidant qu'abonder dans son sens était sans doute la meilleure stratégie à adopter. Mais, Maria, tu n'as que seize ans. Je veux dire…

— Et quel âge avait Adam ? Pour lui, la vie est finie !

Alex eut l'estomac noué en repensant au moment où DuPris s'était retourné contre Adam pour l'abattre…

Ainsi, il était au centre de tout ça…

Il prit Maria par un coude et l'entraîna dans l'escalier. Elle était sur le point de craquer… Inutile que tout le lycée en profite.

— C'est horrible ! dit-il avant qu'elle n'atteigne le stade de l'incohérence. (Il essaya d'adopter un ton apaisant.) Maria, ça ne se produit pas souvent…

— La sœur de Liz est morte aussi ! Beaucoup de jeunes gens meurent tous les jours. La mort n'a pas seulement fauché Adam.

— Mais…

— J'ai toujours cru que j'avais toute la vie

devant moi. Que le temps qui m'était imparti serait illimité. J'ai même pensé, à une époque, qu'on pouvait *contrôler* le temps grâce à ses facultés mentales ! Stupide, non ? A condition de se concentrer suffisamment, une minute pouvait durer une éternité... Comme quand on regarde la balle arriver au ralenti vers sa raquette de tennis, tu vois...

Alex ne voyait rien du tout, mais il la laissa continuer. Peut-être avait-elle besoin de vider son sac ? Il avait essayé de la raisonner. En vain.

— Aujourd'hui je sais qu'on n'a aucune influence sur le temps. C'est lui qui nous contrôle. Dire qu'il y a tant de choses que je voudrais. Dieu, tant de choses...

Alex fourra les mains dans ses poches, faisant l'inventaire de leur contenu. Bien sûr, il n'avait pas de mouchoir ! Il arracha à son classeur une feuille de papier blanc qu'il tendit à Maria. C'était mieux que rien.

La jeune fille la froissa sans cesser de parler. Son regard éperdu scruta les murs de bétons lézardés comme pour y chercher des réponses.

— C'est tellement stupide ! Faire des projets... Ou...

— Attends ! coupa Alex avec assez de fermeté pour se faire entendre. Revenons à ce que tu dis vouloir. Quoi par exemple ?

S'il l'amenait à parler d'un sujet précis, il renverserait peut-être la vapeur. Quelles que soient ses envies, il l'aiderait de son mieux. Que ce fût pour ouvrir sa boutique d'aromathérapie ou pour alpaguer Brad Pitt histoire de l'embrasser une fois, rien qu'une… Quoi que ça puisse être, il ne lui faudrait sûrement pas plus de deux jours pour revenir à la raison.

Il adorait Maria, mais elle ne pouvait pas se concentrer longtemps. Elle oubliait tout dès que de nouveaux dangers se profilaient à l'horizon.

Elle s'adossa au mur sale puis se laissa glisser sur le sol.

— A quoi bon ?

— Allez ! Je serai ton meilleur ami, plaisanta Alex.

Il s'assit à côté d'elle, tirant sur son long sweat-shirt pour protéger son fond de pantalon.

— Quoi que tu veuilles, je t'aiderai.

— Tu n'y peux rien… J'ai attendu et attendu… Michael ne m'aime pas. Enfin, pas comme je voudrais. Et je ne suis pas sûre de vivre assez longtemps pour voir arriver le jour où il comprendra qu'il *devrait*. Personne ne pourra l'aimer autant que moi.

Avec ses joues mouillées de larmes, son maquillage avait coulé.

— Même si nous devions vivre cent ans, je ne crois pas qu'il finirait par comprendre…

Elle posa le front sur ses genoux. Alex était de tout cœur avec son amie, mais elle avait raison… Ça n'était pas de son ressort.

Il savait qu'elle avait des sentiments pour Michael, mais de là à imaginer que c'était à ce point… Elle l'aimait corps et âme !

— S'il n'est pas capable de le voir, c'est qu'il est idiot !

Maria eut un petit rire triste.

— Ça, nous le savons tous les deux…

Liz eut des palpitations quand « Max », alias Trevor, s'assit en face d'elle, à la cafétéria. Ce n'était pas Max… Pourtant, ça lui faisait une drôle d'impression.

— Alors, comment te débrouilles-tu ? demanda-t-elle, le regard fuyant. Tu n'as pas eu de problèmes, j'espère… ?

— Non. (Il posa son plateau.) Isabel m'a dit que son frère est un élève réservé. Il n'est pas volontaire pour répondre aux questions même s'il connaît toutes les réponses. Les informations que la Fraternité m'a fournies recouvrent tout ce qu'un très bon élève de terminale doit savoir.

— Je n'en doute pas.

Derrière Trevor, elle fut soulagée de voir arriver Isabel, Alex et Maria. Parler en tête-à-tête avec le frère de Michael ne lui aurait posé aucun problème s'il avait eu son apparence normale. Mais il avait les traits de Max… Voilà qui changeait tout. Après ce qui s'était passé chez Michael le matin même, chaque fois qu'elle posait les yeux sur lui, elle repensait à ce que lui avait dit Max.

Non, pas *Max, la conscience collective !*

— Alors, comment ça va ? demanda Alex d'un ton trop enjoué, comme s'il s'était affecté la lourde tâche de remonter le moral de ses amis.

Il s'assit à gauche de Liz, Maria à sa droite. Isabel se glissa près de Trevor.

— J'ai quelque chose d'important à vous dire, les gars ! fit Liz en jouant avec la capsule de sa bouteille d'eau. Mais je préfère attendre que Michael nous ait rejoints.

— Tu vas enregistrer un disque et tu veux que nous fassions les chœurs ? plaisanta Alex.

Sa voix avait baissé de plusieurs crans sur l'échelle de la bonne humeur. Il devinait que les nouvelles n'étaient pas bonnes.

— Il arrive, annonça Isabel, désignant du menton le bout de la file d'attente.

Michael empochait sa monnaie.

Isabel étala une fine couche de gelée de raisin sur son sandwich à la dinde, y ajoutant quelques gouttes de ketchup. Le regard rivé sur son repas, elle semblait le considérer comme la chose la plus importante au monde... D'évidence, elle aussi avait perçu de mauvaises vibrations.

— Liz a une annonce à faire ! lança Maria à Michael avant qu'il ne s'asseye à côté d'Isabel.

— Quoi encore ?

— Quand j'ai rendu visite à Max, ce matin, il a repris conscience.

— *Quoi ?* s'écria Isabel.

— Attends ! continua Liz, levant les mains pour mettre un bémol à son excitation. Au début, j'ai cru que c'était lui. Puis j'ai compris qu'il était contrôlé par la conscience collective.

— Comment ? fit Isabel.

Elle prit son sandwich, le reposa sans avoir mordu dedans… C'était pourtant comestible… Non ?

— Eh bien, ce qu'il a dit ne lui ressemblait pas du tout, répondit Liz, évitant son regard.

Elle préférait ne pas entrer dans les détails. En réalité, elle aurait aimé oublier… Mais les paroles de Max – de la conscience collective – étaient gravées au fer rouge dans son cerveau.

— La conscience collective veut que Max récupère les Pierres de Minuit et qu'il les lui rapporte en ouvrant un vortex. Elle n'abandonnera pas la partie avant de les avoir obtenues.

— Alors, empêchons Max de les retrouver, dit Alex en se frottant les mains. C'est simple, non ?

— Tu n'as pas vu de quoi Max était capable quand la conscience collective est aux commandes ! objecta Liz, l'estomac aussi lourd qu'une boule de plomb.

Elle se rappelait trop bien comment la conscience collective avait manipulé Max afin de s'attaquer à DuPris.

— Il est… dangereux.

Isabel baissa la tête.

Liz regretta d'avoir abordé le sujet. Entendre tout le monde parler de son frère comme d'un monstre bouleversait son amie. Hélas, c'était la vérité. Et rien de tout ça n'était la faute de Max.

— Très bien, dit Alex, adossé à sa chaise. Il faudra nous diviser en deux équipes. Une pour l'anéantissement de la conscience collective, l'autre pour…

— … Rester avec Max et faire tourner en bourriques ceux qui ont pris possession de lui, acheva Maria avec un enthousiasme forcé. Il suffira de convaincre la conscience collective que nous désirons l'aider… Une diversion qui sera à notre bénéfice.

— Nous sommes sur la même longueur d'onde, approuva son ami avec un sourire, avant de mordre dans un *nacho*.

— Eh bien…, fit Michael en se frottant le menton.

— Quoi ? l'encouragea Alex, les sourcils levés.

— Vous savez que c'est un excellent plan ? lança Michael, pince-sans-rire. Je n'aurais jamais cru cela possible, venant de vous deux.

— *Très* drôle ! riposta Maria.

— Je veux être dans l'équipe « conscience collective », annonça Liz.

— Je ferai partie de l'autre, dit Trevor. De toute façon, je n'arriverai pas à tromper la conscience collective.

Il but une gorgée de Lime Warp et fit la grimace. Michael lui lança deux sachets de Tabasco.

— Je ferai équipe avec toi, grand frère. Nous réussirons à anéantir la conscience collective avec deux Pierres de Minuit. J'en suis sûr.

— Laissez-moi coudre quelques paillettes sur un justaucorps et je vous servirai d'assistante dévouée, proposa Maria. (Elle jeta un regard à Liz.) A moins que tu préfères que nous échangions nos places ?

J'ai le sentiment que la conscience collective ne s'est pas montrée… tendre avec toi.

Télépathie entre meilleures amies. Ça marche à tous les coups, se dit Liz.

— Merci, Maria. Mais je n'arrête pas de repenser au jour, dans l'entrepôt, où Max est redevenu lui-même quelques secondes. Si ça se reproduit, je veux être là.

Oh, Dieu, elle le voulait vraiment ! Elle avait besoin de se raccrocher à un espoir, si mince fût-il…

— Moi aussi, renchérit Isabel.

Liz comprit qu'elles pensaient la même chose :

Pitié, laissez-moi revoir Max un instant !

— Donc, seul Michael sait où sont les Pierres de Minuit, Maria ? insista Trevor.

Ils étaient assis sur le capot de la vieille Cadillac de Michael, attendant son retour. Le désert ? L'endroit idéal pour travailler avec les Pierres de Minuit sans attirer l'attention…

— Oui, il s'est dit que c'était plus sûr comme ça, répondit Maria.

Elle toussa, le vent ayant soulevé un nuage de poussière.

Au moins, ça n'a rien de personnel, pensa Trevor. *Ce serait pire si Michael avait dit à tout le monde sauf à moi où il a caché les Pierres de Minuit…*

Cela dit, ça ne l'aurait pas surpris outre mesure… En éliminant DuPris, il avait en partie regagné la confiance de son petit frère. Mais Michael lui avait-il vraiment pardonné de s'être servi de leur lien de parenté ? A l'époque, son seul objectif était de récupérer la Pierre de Minuit rapportée sur Terre par Alex et de la remettre à DuPris. Il s'était rapproché de son frère pour parvenir à ses fins... N'ayant jamais rencontré le chef de la rébellion, il le considérait comme un dieu.

Il avait blessé Michael... Certaines plaies étaient longues à cicatriser.

— Tu lui ressembles, tu sais, dit Maria, se penchant pour mieux le dévisager. Tu as ses yeux, ses mains, sa silhouette... Ses expressions... Par exemple, vous ne froncez qu'un sourcil.

Trevor leva un sourcil. Maria sourit.

— Lui ressembler... Ça paraît plutôt cool, à l'aune des standards terriens.

— Oh oui !

Maria rougit un peu, consciente de ce qu'elle venait de dire. Trevor remarquait ces détails – les rougissements, les yeux larmoyants, les fluctuations de la respiration... La manière dont le corps humain réagissait aux émotions le fascinait... Même si ces phénomènes le déroutaient quand ils se produisaient en lui.

— Je crois qu'il est de retour, ajouta Maria en désignant un buisson de mesquite.

— Tu as raison...

Il vit un réseau de veines et d'artères se former. Bientôt, du sang y circula. Les muscles et les os firent leur apparition, suivis par les organes.

En quelques secondes, le corps de Michael s'était presque rematérialisé. Il manquait les yeux.

— Voilà la partie qui me fait frémir, confessa Maria, les paupières closes.

— Oh, quelque chose en moi te fait frémir ? lança Michael, quand il eut de nouveau des yeux.

— En réalité, plusieurs, répondit Maria, en l'étudiant sous ses cils à demi baissés, histoire de vérifier qu'il ne lui manquait rien.

Trevor vit des tourbillons de plaisir danser dans l'aura de Maria tandis que Michael la taquinait.

— Voilà, j'ai les Pierres de Minuit. Et maintenant ?

Michael se frappa les cuisses pour dépoussiérer son jean.

Trevor haussa les épaules.

— Il faut chercher à augmenter leur pouvoir. Mais j'ignore comment.

— Peut-être devrions-nous tenir chacun une Pierre de Minuit et nous connecter, histoire de voir si elles sont plus puissantes ensemble, proposa Michael.

— A votre place, je commencerais par étudier leur niveau de puissance individuel, dit Maria.

Souriant, elle descendit du capot de la Cadillac, fière d'elle.

— Eh bien ! On aurait cru entendre parler Liz…

Elle est adorable, pensa Trevor. *Avec ses boucles et sa gaieté, tout en elle déborde de vitalité !*

Il jeta un coup d'œil maussade à son frère.

C'est quoi, son problème ? Pourquoi ne remarque-t-il pas à quel point Maria est attirante ?

— Si nous commencions par jouer avec les éléments ? suggéra Michael. Il n'y a pratiquement personne dans cette zone. Si un gars avait la mauvaise idée de se promener ici aujourd'hui, il y aurait toujours une explication naturelle au phénomène.

— Bonne idée ! dit Trevor en sautant du capot de la voiture.

— Votre charmante assistante est d'accord aussi, approuva Maria avec une courbette.

— Je commence.

Michael sortit de la poche de son jean une Pierre de Minuit qui brilla d'un éclat vert violet. Une main tendue, il orienta la puissance de l'artefact vers le désert.

Le sable se souleva, forma un tourbillon, puis une colonne. Sa vitesse de rotation augmenta, aspirant davantage de grains.

— Je ne suis pas sûre que ce soit une bonne idée, tout compte fait ! cria Maria quand un gros rocher fut happé par la tornade.

Le cône s'élargit. Trevor le sentit aspirer le sable sous ses pieds.

— Michael ! La voiture ! cria Maria, affolée.

Trevor se retourna à temps pour voir la Cadillac voler dans les airs, siphonnée par le tourbillon. Une main sur les yeux, il lutta contre le vent pour rejoindre Maria et l'attrapa par un poignet. Un flot d'images envahit son esprit… Le visage d'un homme. Un gâteau au chocolat. Une poutre en bois d'où dépassait un clou... La connexion établie, il alourdit leurs corps pour les ancrer au sol.

Les cheveux de Maria giflaient Trevor. Il la vit crier sans rien entendre.

La tête inclinée en arrière, il tenta d'apercevoir le sommet du cône de la tornade. Peine perdue.

La voiture était si haut dans le ciel qu'elle avait la grosseur d'un jouet.

Lentement, la Cadillac reprit sa taille normale.

Elle redescend ! comprit Trevor.

Le vent se calma. Le véhicule atterrit avec un bruit mat. Des kilos de sable tombèrent du ciel, enterrant Trevor, Maria et Michael jusqu'aux genoux.

Couvert de poussière, Michael se tourna vers ses coéquipiers.

— Je n'ai pas utilisé un quart de sa puissance..., dit-il. Mais à quoi pensais-je donc ? Une de ces pierres a ouvert un *vortex* ! Ce test n'en était pas un...

— Peut-être, mais je parie que le résultat n'est pas passé inaperçu, fit Maria.

Trevor s'avisa que leurs corps étaient toujours plus lourds que la normale. Avec ses pouvoirs, il leur rendit leur poids habituel, puis aida leur compagne à s'extraire de la couche de poussière.

— Tu as raison, Maria, dit Michael en se passant les mains dans les cheveux, envoyant du sable voler partout. Nous ferions mieux de filer. Nous trouverons un test plus adapté demain.

Grâce à la Pierre de Minuit, il souleva la voiture et la posa à un endroit où le sable était tassé. Puis il lança les clés à Maria.

— Je dois remettre les Pierres de Minuit dans leur cachette. Prends la voiture et laisse-la devant chez toi. Je viendrai la chercher plus tard.

— Servir, c'est ma vie, murmura Maria en jouant avec le trousseau de clés.

Michael se tourna vers Trevor.

— Veux-tu venir avec moi ?

Trevor hocha la tête.

Le message était clair. Michael avait décidé de lui donner une seconde chance en lui révélant la cachette des Pierres de Minuit…

Cette fois, Trevor se jura que son frère n'aurait pas à le regretter.

CHAPITRE IV

Isabel n'avait pas envie d'entrer dans la chambre… Si elle franchissait le seuil, elle devrait peut-être utiliser ses pouvoirs contre Max. Enfin, contre la conscience collective… Mais quels dommages infligerait-elle alors à son frère ? La perspective lui retournait l'estomac.

— Alors, mes starlettes sont prêtes à entrer en scène ? demanda Alex.

Il posa une main sur l'épaule de Liz et l'autre sur celle d'Isabel.

— *Starlettes ?* Ai-je bien entendu ? grommela Isabel en rejetant dans son dos ses longs cheveux blonds – un geste qui se voulait sexy. Mais de quelle planète es-tu ? La Terre des années cinquante ?

N'était-il pas génial d'entendre Alex faire des commentaires stupides ? De sentir la chaleur de sa main à travers son chemisier ? Isabel devait le reconnaître. En temps de crise, tout ce qui était apaisant et familier valait de l'or.

— Isabel a raison, renchérit Liz. Le mot que tu aurais dû employer, c'est *acteur*.

— Pourquoi pas actrice ? demanda Alex.

— A mon avis, le terme devrait se passer de genre, répliqua Liz. Personne ne dit doctoresse, je crois ?

Isabel jeta un coup d'œil à la porte de la chambre, puis détourna les yeux. Ainsi, elle n'était pas la seule à rechigner à entrer…

— Non, mais on dit hôtesse de l'air, rappela Alex.

— Personnel de cabine, espèce de Cro-magnon ! lança Isabel avec un regard noir.

Elle aurait dû tendre la main vers la poignée… Mais elle n'en fit rien. Elle ne pouvait tout simplement pas s'y résoudre.

— Donc, pour être politiquement correct, fit Alex, je devrais me contenter de nous traiter tous les trois de poules mouillées ? C'est vrai, nous restons là, à feindre de nous prendre la tête… Et pourquoi ? Pour éviter d'entrer dans cette foutue chambre !

— Tu as raison, avoua Liz.

Elle tendit une main vers la poignée de la porte… et la fit tourner.

Voilà, plus moyen de reculer…

S'armant de courage, Isabel entra la première. Beaucoup de choses la terrifiaient, même si elle aurait refusé de l'admettre… Liz et Alex la suivirent à contrecœur.

— Max, nous voulons t'aider à retrouver les Pierres de Minuit ! lança Isabel dès qu'elle eut franchi le seuil.

D'habitude, elle n'était pas le genre de fille à « claironner » ainsi les choses. Mais pour l'heure, c'était le cadet de ses soucis.

— J'ai dit au groupe que tu voulais rentrer chez toi, précisa Liz. Alex, Isabel et moi avons décidé que si c'est vraiment ce que tu veux, nous… t'aiderons.

Isabel s'aperçut que le regard de son amie se posait partout, sauf sur Max.

Et comment ai-je pu le remarquer ? se demanda-t-elle. *Réponse : parce que moi aussi, j'observe Liz pour éviter de poser les yeux sur lui…*

Isabel approcha par l'autre côté du lit, se pencha sur son frère et se força à regarder ses yeux ternes et vides… Elle espérait surprendre une lueur prouvant que *Max* était toujours là… Il aurait presque pu la toucher, tant elle se tenait près de lui.

Rien.

Tout ce qu'elle voyait, c'était la couleur de ses iris. Et le noir profond de ses pupilles dilatées…

— Alors, Max, mon pote, qu'en dis-tu ? lança Alex, flanquant un petit coup de poing dans l'épaule de son ami. Nous allons nous remuer les fesses et chercher les Pierres de Minuit, d'accord ?

Max prit une profonde inspiration. Puis il expira avec la même lenteur.

— Nous prendrons ça pour un « oui » ! dit Alex.

Il avait les nerfs à fleur de peau. Isabel le sentait.

— Bien, nous allons nous y mettre sans attendre. Nous te tiendrons au courant, ajouta-t-il, se tournant vers la porte.

Isabel hésita, espérant toujours un signe – n'importe lequel. Un espoir vain... Elle se détourna à son tour.

— Tu viens, Liz ? lança-t-elle par-dessus son épaule.

— J'aimerais rester...

Liz n'avait pas pu se résoudre à regarder Max. Pourquoi voulait-elle s'attarder ? Isabel ne posa aucune question. Liz inventerait un prétexte... A quoi bon ?

— Je laisse la porte entrouverte... Nous t'entendrons si tu as... besoin de quoi que ce soit.

— D'accord.

— Ne t'approche pas trop de lui, compris ?

— D'accord, répéta Liz.

Elle semblait presque aussi catatonique que Max.

Isabel sortit, suivant Alex dans le couloir, le salon et jusque dans la cuisine. Elle avait du mal à le croire... Elle venait de recommander à Liz Ortecho de ne pas trop s'approcher de Max... parce qu'elle avait peur que *Max* fasse du mal à *Liz* !

Moins d'un an plus tôt, Isabel avait déconseillé à Max de sortir avec Liz, terrifiée à l'idée qu'elle puisse révéler leur secret... Elle se voyait déjà dans un fourgon blindé, en route pour un laboratoire de recherches sur les extraterrestres...

— J'avais tort, murmura-t-elle.

— Quoi ? s'exclama Alex. Ai-je bien entendu ? Isabel Evans, admettre devant moi qu'elle a eu tort ? Le monde aurait-il dévié de son axe ? La gravité se serait-elle inversée ? Le…

— Alex, ton numéro de boute-en-train est fatiguant, l'informa Isabel.

Elle tendit les mains vers les boîtes de céréales posées sur le plan de travail.

— Tu n'as pas pour mission d'essayer de remonter le moral des troupes, tu sais ?

— Essayer ? répéta Alex.

Il se laissa tomber sur la première chaise venue.

— Merci beaucoup…, soupira-t-il.

Isabel abandonna les boîtes de céréales et s'assit à côté de lui.

— Ecoute, dit-elle, les yeux rivés sur le plateau craquelé de la table, en ce moment, *personne* ne nous remonterait le moral.

— Tu as raison.

Du bout d'un ongle, il décolla de la table une fusée en guimauve, la fit tourner entre ses doigts, puis la fourra machinalement dans sa bouche.

Isabel cacha son dégoût.

— Veux-tu savoir à quel sujet j'avais tort ? demanda-t-elle.

Elle s'appuya au dossier de sa chaise, laissant ses cheveux cascader derrière elle.

— Oui.

Alex repéra une autre fusée en guimauve et tendit le bras. Isabel posa une main sur celle de son ami.

Il regarda leurs doigts entremêlés comme s'ils étaient cloués au plateau.

— J'avais tort au sujet de Liz… (Isabel aussi

avait les yeux rivés sur leurs mains). Après que Max l'eut sauvée, j'étais certaine qu'elle le trahirait – et nous tous avec. Mais elle n'en a rien fait... Quant à Maria et toi, c'est pareil... J'avais tort au sujet de vous trois.

— Moi, en revanche, j'ai su que tu étais une déesse dès que je t'ai vue... Et ma première impression était la bonne.

Il eut un sourire penaud, puis détourna les yeux.

— Aurais-tu récemment souffert d'une maladie grave ? demanda Isabel. Un truc qui aurait atteint ta mémoire ? Comment peux-tu me garder sur un piédestal après ce que je t'ai fait ?

N'avait-elle pas rompu avec lui avec toute la finesse d'un hachoir de boucherie ? Ne l'avait-elle pas repoussé chaque fois qu'il avait tenté de la mettre en garde contre Nikolas ? N'avait-elle pas omis de le remercier ou d'apprécier tout ce qu'il faisait pour elle... ? Agissant comme si tout lui était dû ?

— Qui a parlé d'un piédestal ? J'évoquais une déesse style mythologie grecque, infiniment plus belle que n'importe quelle mortelle...

Il eut un autre petit sourire embarrassé.

— Mais également forte, intelligente et capable de réduire les hommes en cendres si tel était son désir...

— C'est ainsi que tu me vois ?

Pour tout dire, elle ne détestait pas cette définition.

— Oui, c'est tout toi, mon amour !

Alex souriait, mais il était sérieux. Il le pensait vraiment. Il la considérait comme une déesse.

Isabel le dévisagea.

— Quoi ? J'ai un truc coincé entre les dents ?

Il entreprit d'utiliser son index comme une brosse à dents.

— Non, je me demandais ce que tu étais en réalité, avoua Isabel. Si je suis une déesse, alors tu es… comme un de ces héros de contes.

— Je ne suis pas sûr d'apprécier la tournure que prend cette conversation. Donc, tu es une déesse et moi je suis quoi ? Hansel ?

Alex s'était redressé sur sa chaise.

— En quelque sorte. Tu es… (Isabel hésita, à la recherche des mots justes)… plein de ressources. Rappelle-toi, quand la sorcière veut vérifier que Hansel a assez engraissé pour être mangé, il lui tend un os de poulet au lieu de son doigt. C'est ce que tu ferais, j'en suis sûre. Tu es inventif et tu as l'esprit vif.

— Mais *Hansel* ! fit Alex. Rien que ce nom, *Hansel*, c'est débile !

Isabel secoua la tête en riant. Il était si réconfortant d'avoir Alex avec elle…

— Oublie Hansel. Oublie les contes. Que penses-tu de Superman ?

A la mention du super-héros, le visage d'Alex s'éclaira ; elle sourit.

— Comme lui, tu es un gentil garçon. Et tu as cet air « crétin mais mignon quand même »… Enfin, quand tu n'étais pas l'étalon de service… Et quand la situation l'exige, tu peux botter quelques paires de fesses !

Alex inclina sa chaise sur deux pieds.

— Superman. J'aime ça.

Un instant, tout sembla parfaitement en ordre. Puis Alex jeta un coup d'œil par-dessus son épaule. Isabel suivit son regard et tout lui revint en mémoire... Son sourire s'effaça.

Son compagnon laissa sa chaise redescendre sur ses quatre pieds.

— Dois-je aller voir si Liz va bien ?

— Tout est calme, répondit Isabel. Laissons-lui quelques minutes. Si Max – je veux dire, la conscience collective – a gobé notre histoire, elle ne risque rien.

— Je me demande comment l'équipe B s'en sort...

Alex tendit de nouveau une main vers la fusée en guimauve.

— Moi aussi.

Isabel le laissa décoller et manger l'objet de sa convoitise. C'était dégoûtant, mais il fallait laisser Alex être Alex. Ça n'était pas forcément une mauvaise chose.

— Jouer les charmantes assistantes, quelle plaie ! murmura Maria en manœuvrant la vieille Cadillac de Michael Guerin pour prendre Main Street. Trevor et Michael sont partis... quelque part. Sans doute dans un endroit sympa. Ont-ils seulement songé à m'inviter ? Oh, non ! J'ai juste le droit de rentrer à la maison !

Elle ralentit en passant devant le Musée de l'OVNI. Peut-être ferait-elle mieux de laisser la voiture ici, pour éviter à Michael de venir jusque chez elle. D'accord, il y avait des bus la nuit aussi, mais…

Et puis quoi encore ?

Elle appuya sur l'accélérateur et tourna au coin de la rue.

Michael avait dit qu'il passerait récupérer sa Cadillac devant chez elle… Si, par le plus grand des hasards, elle était à sa fenêtre quand il viendrait… ? Ou mieux, si elle était dehors et se jetait sur le capot en criant :

Michael, bête de sexe, embrasse-moi !

Alors…

Alors, je le verrais prendre ses jambes à son cou comme s'il s'entraînait pour les Jeux Olympiques ! pensa-t-elle en levant les yeux au ciel.

C'était exactement ainsi qu'il réagirait.

Maria tenta de se concentrer sur sa conduite. Enfin, elle arriva en ayant « lu la route en Braille » deux fois seulement. C'était l'expression de son frère Kevin quand elle laissait la voiture dévier sur les bandes blanches surélevées qui marquaient la chaussée… Conduire en Braille…

Maria s'y reprit à deux fois – pas plus – pour garer dans l'allée le paquebot qui tenait lieu de voiture à Michael. Elle racla un peu le bas de caisse contre le muret… Si ça posait un problème à Michael, il n'avait qu'à prendre le volant !

Elle coupa le moteur et tendit une main hésitante vers la poignée de la portière. Dans la Cadillac, elle avait l'impression d'être une poupée ou un lutin vivant dans la poche de Michael…

L'habitacle gardait son odeur épicée et musquée, avec une touche sucrée, héritage des beignets noyés de Tabasco qu'il avait ingurgités assis à la place du conducteur.

Maria prit une profonde inspiration et soupira d'aise.

— Je deviens dingue ! murmura-t-elle.

Mais elle ne bougea pas. La nuque calée contre le siège, elle inspira de nouveau à fond, savourant l'odeur qui régnait à l'intérieur du véhicule. Elle alluma la radio et passa en revue les stations que Michael avait programmées. Elle sourit en tombant sur une chanson d'Elvis. Son ami avait dû choisir celle-là en l'honneur de Ray Iburg, l'homme – *l'extraterrestre*, comme lui – qui lui avait laissé sa voiture et tous ses biens en héritage. Pour Ray, une station de radio qui diffusait le répertoire d'Elvis était forcément bonne.

Elle pianota sur les boutons, sélectionnant une chanson adaptée à son humeur – triste, douce et lente. Paupières baissées, elle se laissa dériver vers le pays des *la-la-la*, le nom qu'elle donnait à l'endroit d'où venaient les songes. A ses yeux, il fourmillait de photos de Michael.

Maria en choisit une – son héros vêtu d'un T-shirt gris assorti à ses yeux. Elle l'anima et dansa avec lui, humant à pleins poumons son odeur pour que ce fantasme semble plus vrai.

— C'est génial !

Ebahi, Trevor regardait les vagues mourir sur la plage.

Michael observa son frère, puis contempla l'océan.

— Avant de choisir cette cachette, j'avais vu la mer une fois, avec les Evans. Ça m'avait impressionné. Un de mes meilleurs souvenirs.

— J'imagine ! s'exclama Trevor. Pourquoi n'irions-nous pas nous baigner ?

— Tu es fou ! Je ne tiens pas à geler !

Assis depuis un quart d'heure sur la plage, il se serait volontiers recroquevillé sous sa veste s'il s'était écouté, histoire de se protéger du vent glacé.

— Si nous avions des combinaisons de plongée, nous pourrions nous baigner, mais…

Trevor tourna la tête et croisa son regard. Il souriait.

— Nous avons beaucoup mieux que ça !

Il sortit de sa poche une Pierre de Minuit.

Michael sourit à son tour. Il bondit sur ses pieds et enleva sa veste, puis sa chemise.

— Qu'attends-tu ? lança-t-il à son frère en retirant ses baskets sans prendre la peine de les délacer. Le dernier dans l'eau est un œuf pourri !

Il traversa la plage à la course, orientant vers l'eau le pouvoir de sa Pierre de Minuit. Trevor l'imita.

— Un œuf pourri ? C'est le genre d'insulte qui fait mal !

— As-tu déjà senti un œuf pourri ? lança Michael.

Il plongea et lutta contre le courant. Il ne s'arrêta pas avant d'avoir de l'eau jusqu'à la poitrine.

— C'est incroyable ! La température est aussi élevée que dans un bain !

Bras écartés, il plongea. Quand il refit surface, il vit que Trevor toussait et crachait de l'eau par le nez.

— La Fraternité n'aurait-elle pas oublié de te fournir des informations capitales ? Le corps humain n'est pas fait pour respirer sous l'eau, tu sais !

Pour toute réponse, Trevor l'aspergea joyeusement. Michael utilisa un peu de pouvoir – si peu – pour lancer sur lui une grosse vague…

Une seconde plus tard, Michael fut à son tour submergé.

— Je me rends ! cria-t-il en refaisant surface.

— D'accord, répondit Trevor.

— Poule mouillée ! chantonna Michael.

Grâce à ses pouvoirs, il fit couler son frère.

Et la bataille aquatique continua.

Une attaque, une contre-attaque, une contre-contre-attaque, deux fausses trêves et un vrai armistice plus tard, Michael faisait la planche, bercé par l'eau tiède. Il souriait. Son frère et lui à la plage… C'était trop cool !

— Quand je retournerai sur notre planète, il

faudra que je m'aménage un endroit comme celui-là, dit Trevor.

Imitant Michael, il flottait sur le dos, à côté de lui.

— Dès que nous aurons anéanti la conscience collective et sauvé notre planète, ce sera la première chose que je ferai.

— Ambitieux…

Michael contemplait les étoiles. Il avait l'impression de dériver dans l'espace.

— Tout reconstruire ne sera pas facile, rappela Trevor. La conscience collective est la base de notre civilisation depuis des milliers d'années. Il s'agira d'adopter un autre mode de vie, de créer une nouvelle forme de société… Ensemble. Parfois, je me dis que les membres de la Fraternité ne pensent pas assez à l'après-conscience collective…

— Mais toi, oui !

Michael jeta un regard en coin à son frère.

— C'est vrai. Un système comme le vôtre, aux Etats-Unis, pourrait peut-être nous convenir.

Trevor se retourna et nagea jusqu'à une bande de sable émergée. Il s'y hissa, entouré par l'océan.

Michael le rejoignit.

Trevor avait les yeux rivés sur la plage ; Michael sentit qu'il avait quelque chose de colossal en tête. Plus énorme encore que la conscience collective – si c'était possible.

— J'espérais… Enfin, je me demandais si tu accepterais de rentrer avec moi une fois la conscience collective anéantie…

Michael sentit un frisson d'excitation courir le long de sa colonne vertébrale.

Un frisson fugace.

— Notre planète connaîtra de grands changements. Je veux être dans le coup. (Trevor se tourna vers son frère.) Et je voudrais que tu le vives avec moi.

— Rentrer à la maison…

Une banalité, Michael en était conscient, mais… Que dire d'autre ? Il avait rêvé de cet instant des années – depuis qu'il avait découvert la vérité sur ses origines.

Mais beaucoup de choses avaient changé dans sa vie. Il avait son propre appartement et une famille. Une drôle de famille, avec certains membres humains.

Mais c'était *sa* famille.

— N'es-tu pas curieux de voir ta planète d'origine ? demanda Trevor. N'as-tu pas envie de savoir à quoi elle ressemble ? Ne veux-tu pas assister aux plus grands changements de son histoire ?

Michael sentit monter en lui un nouvel accès du désir contre lequel il luttait depuis l'enfance. Que ressentirait-il sur la planète où étaient nés ses parents ? L'air lui semblerait-il plus doux ? Les choses lui seraient-elles familières ?

— Inutile de me donner ta réponse tout de suite, continua Trevor. Sache seulement que j'aimerais t'avoir à mes côtés.

CHAPITRE V

Liz examina son réfrigérateur, bourré à craquer de nourriture cosmopolite. Les plats du *Crashdown Café* côtoyaient les expériences culinaires plus ou moins réussies de sa mère et les *tamales* de son *abuelita*.

La jeune fille appuya sur le bouton qui commandait la lumière intérieure : elle s'éteignit. Quand Liz lâcha la pression, l'ampoule recommença à briller.

— Je me souviens du jour où tu as compris ce mécanisme…

Elle se retourna. Son père lui souriait.

— A six ans, je crois. Tu étais fermement décidée à découvrir si la lumière continuait à briller une fois le réfrigérateur fermé. Ta sœur avait eu un cours sur les économies d'énergie. Ça t'avait motivée.

— Je ne m'en rappelle pas, avoua Liz.

Elle ferma le réfrigérateur, frappée que son père ait si facilement introduit sa sœur Rosa dans la conversation… Un changement radical. Tout irait mieux, désormais.

— Veux-tu que je te fasse à manger ? demanda-t-il, appuyé au comptoir. Avant d'acheter le *Crashdown*, j'étais le cuisinier le plus rapide de l'Ouest ! (Il frotta l'endroit où son crâne s'était dégarni.) A l'époque, j'avais encore tous mes cheveux…

— Non, merci, papa. Je n'ai pas faim.

Liz aurait dû rire de la plaisanterie de son père… Elle n'y parvint pas.

— Alors, que faisais-tu ? Tu disais bonne nuit à la nourriture ?

Je cherchais un prétexte pour ne pas aller au lit…, pensa Liz.

Chaque fois qu'elle s'allongeait, la tristesse la submergeait… Nul besoin d'être un génie pour deviner la cause de sa peine. Seule dans son lit, tout ce qu'elle avait partagé avec Adam revenait la hanter. Leurs moments privilégiés, ils les avaient vécus dans le plan des rêves…

Aujourd'hui, chaque fois qu'elle sombrait dans le sommeil, Adam lui apparaissait. Avec son regard brillant et plein d'espoir, si désireux de tenter de nouvelles expériences… La mort l'en priverait pour l'éternité.

— Liz ?

— Euh, oui, je disais bonsoir à la nourriture… Elle doit se sentir triste, seule dans le noir ! ajouta-t-elle en se forçant à rire.

Adam s'imposa à son esprit. Seul dans le noir, sous le sable du désert…

— Ça ne va pas ? demanda son père. Sans parler

de la situation critique des légumes qui n'ont plus d'amis, je veux dire ?

— Non, je suis juste fatiguée, mentit Liz, entrant en mode « rassurer les parents ».

Elle ne voulait pas bouleverser son père. Elle…

Arrête ! Il n'a pas besoin que tu le protèges.

— En fait, oui, ça ne va pas… Une chose terrible est arrivée.

Son père tira une chaise et l'invita à s'asseoir. Dès qu'elle eut obéi, il s'installa à côté d'elle.

— Quoi que ça puisse être, tu sais que tu peux m'en parler ?

— J'avais un ami… Il s'appelait Adam.

Elle regarda son père. Ce nom lui disait-il quelque chose ? Il ne réagit pas.

— Tu as dû le voir une fois ou deux, au *Crashdown*… Peu importe. Il est… mort.

Elle s'agita sur son siège et s'exhorta à la prudence. Elle devait peser soigneusement ses mots. Confier ce qu'elle ressentait, *sans* dévoiler les circonstances du drame.

— Il…

Elle se tut. Il lui fallait garder certains secrets, même vis-à-vis de ses parents.

— Il était… dans un restaurant, à Hobbs. Il a commandé un sandwich au thon, est sorti… et… un conducteur ivre l'a renversé.

Sa voix se brisa… Adam était *vraiment* mort.

Une version des faits sans rapport avec ce qui s'était passé… Une seule chose était vraie : la mort d'Adam relevait d'un caprice du hasard.

Son père secoua lentement la tête.

— Ah, *mija*, tu n'es qu'une petite fille. Tu ne devrais pas savoir à quel point le monde est cruel. Si je pouvais…

— … Me protéger ? coupa Liz.

— Oui !

Son père était furieux. Elle vit qu'il avait serré les poings.

— Je comprends, dit-elle. Mais tu ne le peux pas.

— C'est très difficile, ce que tu me demandes d'accepter, tu sais. Je suis ton père. Te protéger fait partie de mes attributions.

Il soupira de nouveau. Puis desserra lentement les poings.

— Mais tu as raison. Contre certaines choses, on ne peut rien. (Il posa une main sur celle de sa fille.) Et si je te tenais compagnie un moment ? Parfois, ne pas traverser seul une épreuve soulage un peu.

— Oui, beaucoup même…

Pour une fois, Liz n'essayait pas de le protéger de la réalité ni de l'aider à se sentir mieux. Elle lui disait la vérité. Il y avait des changements. La situation s'améliorait à vue d'œil.

Ils restèrent assis près d'une heure, se taisant la majeure partie du temps. Quand ils parlaient, c'était de tout et de rien. Des clients du *Crashdown*, de certains articles que M. Ortecho avait lus dans le journal…

Peu à peu, Liz sentit le nœud de sa gorge se relâcher.

Son père bâilla. Elle l'imita.

— Copieuse !

Liz se leva en s'appuyant au plateau tournant de la table. Elle lui flanqua une pichenette, regardant danser la marguerite centrale.

— Je dors debout ! Je vais me coucher.

— Dès que tu auras besoin de parler d'Adam ou de quoi que ce soit d'autre, les légumes seront ravis de t'écouter..., plaisanta son père. Et si on en a fait une salade ou une jardinière, n'oublie pas que je suis là.

— Merci, dit Liz.

Elle l'embrassa sur le crâne, là où il était dégarni, puis sortit de la cuisine. Une fois dehors, elle l'entendit fredonner une chanson des Grateful Dead.

Il est de bonne humeur...

Elle se sentait beaucoup mieux, elle aussi. Plus légère.

Elle se glissa dans sa chambre à coucher et se mit au lit. Sa tête avait à peine touché l'oreiller quand le sommeil l'emporta. Le visage d'Adam flotta un instant devant son œil mental. Sans raviver son chagrin.

Il fait toujours partie de moi, pensa-t-elle, l'esprit embrumé. *Exactement comme je le lui ai promis.*

Liz franchit à une vitesse vertigineuse la frontière qui séparait l'éveil du sommeil.

Dans son rêve, elle assistait à un spectacle aquatique, perdue au milieu d'une foule.

Une jeune fille blonde vêtue de blanc apparut et

présenta le dauphin que les spectateurs allaient pouvoir admirer. Quand elle demanda un volontaire, son choix se porta sur Liz – pourtant la seule à ne pas avoir levé la main, alors que les autres agitaient les leurs à se fouler les poignets.

Liz monta rejoindre la fille en blanc qui lui tendit un poisson et lui demanda d'avancer à l'extrémité du plongeoir.

Liz leva les yeux.

— Le dauphin ne pourra pas sauter si haut, n'est-ce pas ?

Le plongeoir était presque aussi haut qu'un gratte-ciel.

— C'est un dauphin très particulier, répondit la fille. Il n'est pas d'ici.

Sans avoir monté un échelon, Liz fut soudain en haut du plongeoir. Elle avança au bout de la planche et tendit un bras. Entre le pouce et l'index, elle tenait le poisson que lui avait remis la fille.

Elle baissa les yeux vers la piscine, si loin au-dessous…

— Aucun dauphin ne peut sauter aussi haut !

Liz venait de prononcer ces mots quand un dauphin surgit… Presque aussi bleu que l'eau du bassin, un beau bleu clair et brillant, il jaillit dans les airs, comme propulsé par… le Pouvoir.

Liz tendit la main ; le dauphin pressa un instant son museau contre sa paume.

Alors que sa peau douce et tiède touchait la sienne, Liz frémit… C'était Max ! Lui seul lui faisait cet effet !

Le dauphin était Max !

Avant qu'elle n'ait pu crier, le mammifère disparut.

— Saute encore ! Sau… !

La fin de son appel lui resta coincée en travers de la gorge. Un autre animal était apparu dans le bassin, beaucoup plus gros. Blanc et noir.

Un orque épaulard !

— Faites-le sortir ! cria Liz, cherchant des yeux la fille en blanc.

Qui avait disparu aussi.

L'eau devint rouge.

Il y avait tellement de sang…

— *Max !*

Liz se redressa dans son lit. Son corps était couvert d'une pellicule de sueur froide.

— C'était lui…, murmura-t-elle. Il est venu dans mes rêves…

L'orque représentait-il la conscience collective ? Avait-elle un moyen de s'immiscer dans les rêves de Liz pour empêcher Max de communiquer avec elle ?

Elle se rallongea, les yeux fermés.

— Essaie encore, Max !

Michael sentit du lino sous ses pieds. Il entendit l'horloge de la cuisine égrener les secondes.

Puis il fut de retour. Toutes les molécules de son corps se reformèrent.

— Mon cœur bat la chamade chaque fois que je me téléporte dans ce corps ! gémit Trevor.

— C'est la peur. Fais-toi à l'idée que tu n'es qu'une mauviette, mon vieux ! J'ai aussi un corps humain, et mon rythme cardiaque est parfaitement normal.

— Oui, mais ne prétends-tu pas être spécial ?

— Je le suis ! (Les yeux rivés dans ceux de Trevor, souriant, Michael ajouta :) C'est pour ça que tu as raison. Tu auras besoin de moi pour reconstruire notre société, et pour le reste.

— Tu as décidé de rentrer avec moi ?

— Si nous réussissons à anéantir la conscience collective, oui.

Michael n'arrêtait pas d'y penser… Chaque fois, il arrivait à la même conclusion : comment refuser ? Son *frère* avait besoin de lui.

Et comment continuer à vivre sans avoir jamais vu son monde d'origine ?

Trevor lui flanqua une grande claque dans le dos.

— Ça sera génial, tu verras ! Il y a tant de choses que je veux te montrer, tous ces gens à te présenter, et… ! (Il baissa la tête.) Et voilà que je parle pour ne rien dire, soupira-t-il.

— Tu n'es qu'une mauviette, mon pauvre vieux ! répéta Michael.

Mais un sourire lui fendait le visage. Son grand frère était excité à l'idée de lui faire découvrir son monde ! Grâce à ce genre d'instants, la vie valait la peine d'être vécue !

— Euh… bon, je vais chercher la voiture chez Maria. Je serais vite de retour.

Michael avait un besoin urgent de s'éclipser…

Histoire de se reprendre et d'avoir l'air moins crétin.

— Rapporte des gâteaux secs en forme de tête d'extraterrestre couverts d'un glaçage vert, d'accord ? Et du pesto, ajouta Trevor.

— Oui, très cher… Mais en public, surtout en compagnie de gens qui savent que nous sommes frères, j'aimerais que tu gardes pour toi tes mauvaises habitudes. Le pesto, c'est pour… eh bien… les mauviettes !

Trevor leva les yeux au ciel. Michael dévala l'escalier en colimaçon, s'arrêtant pour esquiver la chaussure que lui jeta son frère, et sortit du musée.

Il jeta un coup d'œil à sa montre en prenant Main Street. Minuit passé. Parfait. Maria devait dormir à poings fermés.

Il marcherait au lieu de prendre le bus. Comme ça, il était certain de la trouver endormie.

Bien sûr, il pouvait la réveiller, comme il l'avait fait si souvent, en se glissant par la fenêtre de sa chambre, au petit matin…

Mais il devait se défaire de cette habitude.

S'il retournait sur sa planète d'origine – non, *quand* il y retournerait – il ne voulait pas que Maria souffre. Il emploierait le temps qu'il leur restait à la sevrer de ses « habitudes Michael ».

A la sevrer de lui.

A commencer par éviter de pénétrer dans sa chambre à coucher…

Michael tourna dans la rue de Maria. Il garda les yeux rivés sur la Cadillac garée dans l'allée, refusant obstinément de les lever vers la fenêtre pour voir s'il y avait de la lumière.

Lumière ou pas, il n'entrerait pas.

Il sortit de sa poche ses clés de voiture et traversa la pelouse pour atteindre la portière du conducteur. Il l'ouvrit… et eut le souffle coupé.

Lèvres entrouvertes, Maria était pelotonnée sur le siège avant. Son pull avait glissé de son épaule droite, révélant la bretelle d'un soutien-gorge orange vif.

Il mourait d'envie de toucher sa peau crémeuse. Sa bouche le picota tant il avait envie d'embrasser ses lèvres pulpeuses jusqu'à ce qu'elle se réveille et lui passe les bras autour du cou…

Voilà très longtemps qu'il ne l'avait plus embrassée. Il se souvenait trop bien des sensations… Sa langue effleurant la sienne, ses mains l'attirant plus près…

Eh, mec, l'expression la sevrer *signifie quelque chose pour toi ?*

Il referma la portière aussi silencieusement que possible, tourna les talons et rentra chez lui.

CHAPITRE VI

Appuyé au casier jouxtant celui de Michael, Alex affectait un air naturel du genre « je traîne avec mon pote ».

— Je crois que ma prochaine liste, sur le web, traitera des dix trucs, chez une fille, qui font craquer les garçons. Euh, dis-moi, pour quoi craques-tu au juste ?

Il se faisait l'effet d'un parfait crétin, mais Michael ne semblait s'apercevoir de rien... Ce n'était pas une idée réconfortante.

Pense à Maria ! s'encouragea Alex. *Tu sondes les eaux, voilà tout...*

Il n'avait pas précisé à son amie qu'il comptait tirer les vers du nez à Michael. S'il découvrait une chose susceptible de lui plaire – par exemple, que Michael avait un faible pour les filles accros à l'aromathérapie – il le lui dirait. Et si M. Guerin lui confiait qu'il en pinçait pour les nanas genre Xéna princesse guerrière... Eh bien, ils n'auraient jamais eu cette conversation !

— Sa peau, répondit Michael.

— Sa peau ? répéta Alex. Tu veux dire, qu'elle en montre un maximum ?

Michael sortit de son casier un paquet de Hog Phasers – des chips de porc épicées croustillantes à la mode « roswellienne » – et le lui tendit. Avant d'en prendre une pleine poignée, Alex vérifia que son ami n'avait pas arrosé le tout de sauce au chocolat.

— Si elle en montre un maximum, je n'ai rien contre. Mais je voulais dire que je craque pour une peau douce et satinée.

Michael sortit une bombe de crème chantilly pour asperger le contenu de son sachet.

— Moi, ce que je préfère chez une fille, ce sont ses fesses ! annonça Doug Highsinger, au bout de la rangée.

Il prit une pile de livres et claqua la porte de son casier.

— Je m'en doutais ! plaisanta Alex. Mais j'ai déjà fait la liste des dix préférences des garçons. Cette fois, j'aimerais savoir… euh… les qualités… C'est ça, les *qualités* qu'ils recherchent chez les nanas.

— Oh… Eh bien, je n'ai rien à ajouter.

Doug leur faussa compagnie avec un signe de la main.

— Tu parles de trucs du genre… Solide sens de l'humour ?

Michael se fourra trois Hog Phasers dans la bouche et les mâcha bruyamment.

— Exactement ! répondit Alex en croisant les

bras. Est-il important pour toi qu'une fille ait le sens de l'humour ?

Ça, c'est le genre de réponse que j'espérais !

D'accord, les plaisanteries de Maria n'avaient rien d'hilarant. Elles étaient même souvent vaseuses… Mais elle avait le mérite d'essayer de faire rire !

Michael se passa la langue sur les lèvres, histoire de lécher la crème fouettée dont il s'était barbouillé, puis secoua la tête.

— Ecoute, Alex, au cas où tu ne l'aurais pas compris, tu pourrais tomber n'importe quelle fille, même en louchant. Alors, pourquoi t'amuser à fourguer une liste guimauve sur ton site web ? Tu n'as plus à prouver que tu es un garçon sensible, mec ! Ces jours-là sont finis.

— Je n'avais pas… ! protesta Alex.

Michael referma la porte de son casier.

— Faut que j'y aille. J'ai rendez-vous avec Trevor et Maria. Bonne chance à l'équipe B.

Il fila.

— C'est vous, l'équipe B ! cria Alex dans son dos.

Haussant les épaules, il gagna le parking du lycée. Liz et Isabel l'attendaient dans la Jeep. Il monta à l'arrière.

— *Hé ho, hé ho, on rentre du boulot…*

Il se tut avant qu'elles ne l'en prient.

— Désolé. Je viens encore de faire un truc typique de Maria… Je n'arrive pas à me sortir *Blanche Neige* de la tête.

Isabel sortit du parking.

— Alex, fit Liz, pour ta gouverne, Maria a prévenu que si elle t'entendait encore employer cette expression, elle se servirait de ta tête comme d'un plantoir... Elle a l'intention de créer un jardin d'herbes aromatiques.

— Il n'y a que la vérité qui blesse... voilà le problème, répondit Alex. J'ai apporté un jeu de cartes. Nous jouerons au poker si Max... (Il s'arrêta, penaud.) Oui, mesdames et messieurs, il vient de remettre les pieds dans le plat !

— Méfie-toi, l'avertit Isabel, ton expression favorite pourrait devenir « faire un truc typique d'Alex ».

Dans le rétroviseur, elle lui jeta un coup d'œil glacial.

Alex décida de se taire jusqu'au Musée de l'OVNI. Les filles ne prirent pas la peine d'alimenter la conversation. Toutes les deux se préparaient mentalement à une nouvelle rencontre avec Max.

Le voir dans cet état n'était pas non plus un pique-nique pour Alex... Mais il n'était ni son frère ni l'homme de sa vie. Au contraire de Liz ou d'Isabel, il n'avait pas le cœur déchiré...

— Hé ho, hé ho ! chantonna Isabel, sarcastique, en se garant sur le parking du musée.

— Voulez-vous que je coure voir dans quel état est Max ? proposa Alex, les yeux levés vers l'appartement de Michael. S'il est toujours « aux abonnés absents », je lui servirai notre petit discours... Nous voulons partir à la recherche des Pierres de Minuit, pour les lui apporter – au cas où quelqu'un serait à l'écoute. Ensuite, nous irons manger au *Flying Pepperoni*. Inutile de passer notre temps à le veiller. Nous pourrons toujours revenir plus tard…

— Je veux le voir, dit Isabel en débouclant sa ceinture de sécurité. Maintenant.

— Moi aussi, renchérit Liz.

Les jeunes filles jetèrent à Alex un regard passablement dégoûté, puis descendirent de la Jeep.

— D'accord, ce n'était qu'une suggestion !

Elles avaient du cran, il fallait le reconnaître. *Elles n'optent jamais pour la facilité*, pensa Alex en montant l'escalier derrière ses amies.

— Le téléviseur est allumé ! cria Isabel, arrivée devant la porte.

Elle l'ouvrit à la volée, franchit le seuil comme une tornade et courut dans la chambre à coucher.

Assis par terre, Max regardait fixement l'écran.

— Hé ! Tu es réveillé ! Qui est venu te donner un baiser ? lança Alex en entrant à son tour dans la pièce.

Il avait l'impression d'avoir le cœur dans un ascenseur en train de monter à toute vitesse…

Max était l'âme de leur groupe, sa colonne vertébrale, son chef, son…

Alex ne put trouver d'autre terme pour décrire son importance pour eux. Son cerveau était en surcharge émotionnelle.

Max, c'était Max.

— Max ! s'écria Liz. Que s'est-il passé ? Tu vas bien ?

Max ne tourna pas la tête. L'ascenseur d'Alex

redescendit d'un coup. Quelque chose ne tournait pas rond.

Pas rond du tout…

— Avez-vous retrouvé les Pierres de Minuit ? demanda Max, tournant enfin la tête.

Ses yeux étaient pleins de vie. Mais… quelque chose manquait.

— Ce n'est pas lui, dit Liz d'une voix basse et tendue.

Alex hocha la tête. Lui aussi avait compris.

— Pas encore, répondit-il à la conscience collective. Nous avons prévu d'aller à la grotte aujourd'hui.

— Nous en avons parlé entre nous, ajouta Isabel. A notre avis, il y a des chances que Michael ait caché les Pierres de Minuit là-bas.

Elle semblait sereine, mais tout son corps trahissait une vive tension.

— Evidemment, Michael *ne nous a pas dit* ce qu'il a fait des Pierres, continua-t-elle.

— Allons-y, ordonna la conscience collective par la voix de Max.

Ainsi, elle avait eu accès à la mémoire du jeune homme, apprenant tout ce qu'il savait de leur langue et de la Terre… Alex espéra que l'entité avait pris des gants pour fouiller dans le cerveau de son ami. Qui savait, sinon, quels dégâts elle avait pu faire ?

— La Jeep est garée au pied de l'escalier, dit-il.

Tout ce que nous avons à faire, c'est occuper la conscience collective, se rappela-t-il. *Bien sûr, nous ne trouverons rien dans la grotte, alors nous l'emmènerons ailleurs... N'importe où !*

— Bien, dit le pseudo Max.

Il se leva et se dirigea vers la porte.

Alex, Isabel et Liz se regardèrent, inquiets. Mais ils n'avaient pas le choix : ils lui emboîtèrent le pas.

— Je conduis ! annonça Isabel.

Elle ouvrit la portière du conducteur et se glissa au volant avant que « Max » ne puisse protester. Alex poussa discrètement Liz du coude vers la place du mort, puis monta à l'arrière. Si l'un d'eux devait faire le trajet à côté d'un contingent de dangereux extraterrestres, c'était son rôle.

Le pseudo Max s'installa à côté de lui.

— Hé, Max, Trevor se fait passer pour toi, à la maison ! lança Isabel en prenant le chemin de la nationale. Je crois que maman et papa le préfèrent à toi.

Elle jeta un petit coup d'œil par-dessus son épaule. Alex n'eut pas besoin de se tourner vers son voisin pour constater qu'il n'avait aucune réaction. Voir l'air anéanti de son amie lui suffit. Elle accéléra.

— Hé, Max, regarde ! C'est l'*UFOnics* ! cria Liz. Tu te souviens du soir où j'y suis allée avec Jerry Cifarelli ? Tu étais si jaloux que tu as changé d'apparence pour venir nous espionner « discrètement ».

Elle se retourna vers « Max ».

— Tu t'en souviens ?

Sa voix se brisa, mais elle continua vaillamment. Elle aurait fait n'importe quoi pour le libérer.

— Ça n'a pas marché parce que tu avais oublié de métamorphoser tes yeux. Il m'a suffi d'un regard pour savoir que c'était toi. Tu t'en rappelles, Max ?

L'anti-Max se tourna vers Alex, ignorant Liz.

— Si les Pierres de Minuit ne sont pas dans la grotte, où irons-nous, ensuite ?

A cet instant, rien n'aurait davantage plu au jeune homme que de flanquer un coup de boule au faux Max, histoire de faire payer à ce monstre le chagrin qu'il infligeait à Liz… Mais il ne blesserait pas la conscience collective sans abîmer le corps de Max… Et puis, à quoi bon ?

— Nous pourrions aller jusqu'aux Cavernes de Carlsbad, proposa-t-il. Y passer tout un week-end, même… Le complexe est si grand qu'il faudra bien deux jours pour y chercher les Pierres de Minuit…

Alex se remémora ce qu'il avait lu sur les Cavernes de Carlsbad.

— Une des chambres – comme on appelle les différentes grottes du complexe – a été baptisée le Hall des Géants. Il y a d'immenses formations rocheuses… Logique.

« Max » se fendit d'un sourire condescendant.

Je me fiche de ce que vous pensez, les « gars », se dit Alex. *Je suis prêt à bavarder toute la nuit pour vous distraire.*

Comme ça, vous ficherez la paix à Liz et à Isabel.

— Voyons si j'ai bien compris... Pendant que je ramenais la voiture en ville, vous batifoliez dans les vagues, résuma Maria.

Glissant du capot de la Cadillac, elle foudroya les garçons du regard... tout en refusant de se laisser distraire par la vision de ces deux superbes mâles jouant dans les flots.

— Nous ne batifolions pas..., dit Trevor. Nous avons testé sur l'océan le pouvoir des Pierres de Minuit et réchauffé l'eau. Au début, c'était une petite zone...

— Pour y batifoler à votre aise ! insista Maria.

— Nous avons compris qu'il était possible, via l'océan, de tester les pouvoirs combinés des deux Pierres, continua Trevor.

— La mauvaise nouvelle, ajouta Michael, c'est qu'établir une connexion et utiliser les Pierres ne nous a pas fourni beaucoup plus d'énergie que lorsqu'on s'en sert séparément.

— Donc, nous devons trouver un autre moyen d'augmenter leur puissance..., soupira Maria.

— Oui, approuva Michael.

— Oui, renchérit Trevor.

Dommage qu'aucun d'eux n'ait idée de la manière de s'y prendre...

Michael s'étendit sur le capot, le regard tourné vers le ciel comme pour y puiser de l'inspiration. Maria évitait de lorgner les abdominaux révélés par le T-shirt humide du garçon. Ça l'inspirait... sans lui donner la solution au problème qu'ils affrontaient.

Les Pierres de Minuit. Elle devait y réfléchir. Comment augmenter leur puissance ?

Maria se détourna de Michael.

— Vous connecter à moi ne vous aiderait pas ? J'ajouterais une minuscule étincelle d'énergie à la connexion… Ça ne suffirait pas, j'imagine ?

— Probablement pas…

Trevor avait répondu sans un soupçon de méchanceté. Au contraire.

Plus Maria apprenait à connaître le frère de Michael, plus elle l'appréciait. Mais malgré leur extraordinaire ressemblance, Trevor ne lui faisait pas le même effet que Michael. Le regarder était une fête pour les yeux.

Observer Michael, c'était… risquer de fondre – littéralement.

— Attendez un peu ! Ça m'a presque fait penser…, fit Michael en s'asseyant.

— … A quoi ? demanda Trevor.

— Comment ça, presque ? renchérit Maria.

— Fermez-la ! fit Michael. Donnez-moi un instant, d'accord ? J'ai eu comme un flash. Une idée éclair…

Trevor regarda Maria en levant un sourcil. Elle soutint son regard et souleva son sourcil droit avec l'index, pour qu'il monte aussi haut que celui de son ami.

— D'accord, lâcha Michael, nous connecter à Maria est stupide. Ça ne nous avancerait à rien.

— Ça, nous l'avons déjà établi, merci beaucoup ! grommela la jeune fille.

Michael se tourna vers son frère.

— Mais que se passerait-il si nous nous connections tous les deux à Max ? Peut-être faut-il les trois Pierres de Minuit pour anéantir la conscience collective de l'*extérieur*. Mais connectés à Max, nous serons automatiquement reliés à la conscience collective et pourrons utiliser nos deux pierres de l'*intérieur*.

L'estomac de Maria se noua. Anéantir l'entité par l'intermédiaire de Max ne lui paraissait pas une bonne idée.

— Ça pourrait marcher, répondit Trevor. La conscience collective est peut-être plus vulnérable de l'intérieur. Mais comment tester ta théorie ? Sur Terre, Max seul est connecté à la conscience collective...

— Quels seraient les inconvénients ? demanda Maria, espérant qu'ils verraient à quel point leur « théorie » risquait de tourner au désastre. Savez-vous si la conscience collective peut sentir ce qui se prépare et... contre-attaquer ?

Trevor haussa les épaules.

— Je n'en sais pas plus que toi. Personne n'a jamais tenté une telle expérience.

— Ça ne serait pas la première fois que nous prenons les devants..., dit Michael. Jouer les pionniers, ça nous connaît ! Mais qui sait si le corps humain supportera d'être le réceptacle des Pierres de Minuit ?

— Exactement ! lança Maria.

Se souvenant de la façon dont l'énergie avait transpercé le corps d'Adam, elle sentit sa bouche s'assécher.

— Quand je me suis servi d'une Pierre contre DuPris, je n'ai pas retenu mes « coups », rappela Trevor. J'ai projeté son pouvoir dans son corps, qui a explosé. Je doute qu'un être vivant puisse supporter ça sans…

— … Etre pulvérisé ? acheva Maria.

Elle se passa les mains sur le visage, comme si la chair, le sang et la matière grise de DuPris y adhéraient toujours.

— Une fois à l'intérieur, nous pourrons diriger la pleine puissance des Pierres de Minuit contre la conscience collective sans passer par Max, dit Trevor. Mais à mon avis, nous ne lui éviterons pas une bonne décharge.

— Pourquoi n'essayez-vous pas sur moi ? proposa Maria. C'est à ça que sert une charmante assistante, non ? Connectez-vous et envoyez-moi une petite décharge avec vos Pierres de Minuit.

— Pas question ! cria Michael.

Le cœur de Maria bondit dans sa poitrine. Il avait été si prompt à la protéger ! Mais elle ne reviendrait pas sur sa décision.

— Pourquoi pas ? Tester cette théorie sur moi serait plus sûr. La conscience ne sera pas alertée. Et si… ça tourne mal, vous me guérirez, n'est-ce pas ?

— Si nous procédons doucement, pour tester la réaction du corps humain à une faible dose…

(Trevor vit Michael secouer obstinément la tête). Tu as raison. Inutile de prendre un tel risque.

— C'est pour Max. Je veux le faire pour lui, insista Maria. Et puis…

Elle se tourna vers Michael, le regarda dans les yeux et lui posa une main sur le bras.

— Je sais que je peux avoir confiance en toi. Tu ne permettras jamais qu'il m'arrive quelque chose de… définitif.

Au moins pas physiquement, pensa-t-elle. *Emotionnellement, c'est une autre histoire…*

Michael la dévisagea un long moment. Elle crut qu'il allait parler. Mais il dut se raviser.

Le cœur de Maria battait la chamade.

— D'accord, mais nous ferons *très* doucement, dit-il enfin. Si ça tourne mal, même si ça paraît insignifiant, nous romprons aussitôt la connexion.

— Entendu, répondit Trevor.

Il sortit de sa poche une Pierre de Minuit et posa à son tour une main sur le bras de Maria. Michael se rapprocha, refermant les doigts sur le poignet de la jeune fille.

J'espère qu'ils ne capteront aucune image embarrassante, pensa Maria alors qu'ils établissaient la connexion.

Dans la paume de Trevor, la Pierre de Minuit brilla d'une lueur bleu vert. Celle de Michael jeta des éclats vert violet.

Maria ferma les yeux, luttant contre la panique.

Ne pense pas que tu seras peut-être pulvérisée ! Tu ne le seras pas… Tu ne le seras pas… !

— Comment te sens-tu ? demanda Michael.

— C'est fini ? Je saigne ? s'écria Maria, les paupières obstinément baissées.

— Non. Pourquoi, tu as l'impression de saigner ? Tu as mal quelque part ?

— Non… Je me demandais, c'est tout…

Elle aurait juré avoir entendu un des garçons ricaner.

— Vous n'avez pas intérêt à vous moquer de moi, avertit-elle, gardant les yeux fermés.

Elle les rouvrirait quand tout serait terminé, pas avant.

— Nous allons augmenter un peu la dose, dit Trevor. Et personne ne se moque de toi.

— Bien…

Tu ne seras pas pulvérisée… Tu ne seras pas pulvérisée…, se répéta-t-elle.

— *Ouah !* s'écria-t-elle en sentant ses pieds décoller du sol.

A son corps défendant, elle rouvrit les yeux… et se retrouva nez à nez avec Michael. Elle se sentait parfaitement bien.

— Oh, c'est ça, être grande ? J'adore !

— Tu n'as mal nulle part ? insista Trevor.

Maria tourna la tête vers lui… et son corps suivit le mouvement.

— Non.

— Augmentons encore la dose, proposa Michael.

Maria s'éleva plus haut. Elle battit des bras comme si elle volait. Trevor et Michael saisirent l'allusion. Une seconde plus tard, elle fendit l'air.

— Je suis un oiseau-ballerine ! C'est génial !

— Elle souffre d'hyperventilation ? s'inquiéta Trevor.

— Non, c'est tout simplement Maria, répondit Michael.

— Encore ! implora son amie.

Elle partit en piqué, puis redressa juste avant d'atterrir.

— C'est mieux que n'importe quel parc d'attraction, non ? cria Michael.

Maria gloussa de plus belle en exécutant un triple saut périlleux, puis passa au ras de la tête des deux frères.

— Nous n'avons rien qui ressemble à vos parcs d'attraction, sur notre planète, dit Trevor. A notre retour chez nous, nous en inaugurerons un. Nous l'appellerons : « Les Frères Guerin » ! Un nom qui apportera une touche d'exotisme à l'entreprise.

Maria cessa de rire et se mordit la langue. Le goût cuivré du sang lui remplit la bouche. Non, elle avait dû mal comprendre…

Michael projetait-il vraiment d'accompagner Trevor sur leur planète ? Dans ce cas, pourquoi ne lui en avait-il pas parlé ? Pensait-il que c'était sans importance ?

— Laissez-moi descendre ! cria-t-elle. Je crois que je vais être malade !

A la seconde où elle toucha terre, elle se plia en deux, les bras sur l'abdomen.

Je ne représente rien pour lui ! Il peut s'en aller

comme ça... Peut-être aurai-je droit à un baiser d'adieu. Peut-être... « Salut. Adios. Je m'en vais... »

Michael lui massa le dos.

— Crois-tu que la dose était trop forte ? demanda-t-il.

Elle s'écarta vivement de lui.

— Non. Je vais très bien ! Des nausées, c'est tout !

— Inutile de continuer cette expérience, dit Trevor, empochant sa Pierre de Minuit. Quoi que nous fassions, nous ne saurons jamais entièrement ce qui se passerait si nous nous connections à Max.

— Il faudra pourtant en avoir le cœur net. Demain, nous nous connecterons à lui et nous verrons bien.

— Non !

Maria se redressa d'un bond. Elle était passée en mode « panique ». Etait-ce ça le secret : s'affoler pour mieux penser ?

— Je viens de comprendre une chose : maintenant que la conscience collective a appris la participation de Trevor à la Rébellion, il ne pourra plus approcher de Max.

Michael cilla, impressionné. Elle avait mis le doigt sur un détail qui lui avait échappé.

— Elle a raison, Trevor. Si la conscience collective te voyait, les choses pourraient se gâter. Tu es un des rebelles qui veulent l'anéantir, et elle le sait.

— Alors, que faire ? demanda Maria.

Elle tentait de rester concentrée sur le « problème Max ». Si elle pensait à Michael maintenant, elle se coucherait par terre et ne se relèverait *jamais*.

— Eh bien, je me connecte à Max et j'utilise seul les deux Pierres de Minuit, répondit Michael.

— Je doute que ce soit une bonne idée, souffla Maria.

— C'est décidé, je le ferai !

Et voilà.

Maria ne le ferait plus changer d'avis.

CHAPITRE VII

— Je suis venue au lycée avec ta voiture… Une fois de plus, puisque tu n'es toujours pas passé la prendre ! lança Maria en arrivant derrière Michael, à la fin de la journée de cours. Elle est garée sur le parking.

Il hocha la tête. Elle lui avait déjà dit ça à l'heure du déjeuner.

— Ma mère menace de te faire payer une sorte de location pour la place de parking, continua Maria.

— Désolé, marmonna Michael.

Ils se dirigeaient vers le parking du lycée, où ils avaient prévu de se réunir.

Michael aurait volontiers été chercher sa voiture… Mais à l'idée d'y revoir Maria endormie, il avait paniqué. Il ne se sentait pas de taille à gérer ce genre de situation. Il avait déjà eu trop de mal à se retenir de l'embrasser.

Pourquoi fallait-il que cet abruti d'Alex lui ait demandé ce qu'il espérait trouver chez une fille ? La question le hantait. Chaque fois qu'il avait pensé tenir une réponse, il s'était avisé qu'elle correspondait à Maria… A présent, il n'arrêtait plus de repenser à elle… Voilà qui ne facilitait guère le déroulement de l'Opération Sevrage.

Sur le parking, Maria l'attrapa à pleines mains par sa chemise, le forçant à s'arrêter. Il se retourna lentement. Leurs corps se frôlèrent, envoyant une décharge électrique dans les nerfs du jeune homme. Il émanait de Maria une odeur d'huile d'eucalyptus et de cèdre – qu'elle appréciait particulièrement quand elle se sentait nerveuse.

Michael recula.

— Quoi ? grogna-t-il d'une voix rauque.

— Je sais que tu ne m'écoutes jamais. Que je n'ai pas la moindre influence sur toi. Mais je ne pense pas que tu puisses anéantir la conscience collective à toi tout seul ! Pourquoi ne demandes-tu pas à Isabel de t'aider ?

Michael recula d'un pas. Son parfum l'empêchait de penser clairement.

— Isabel ne s'est jamais entraînée à utiliser les Pierres de Minuit…

Maria se rapprocha, leurs corps se touchant presque.

— Alors, attends un jour ou deux, le temps qu'elle apprenne !

— Je peux me débrouiller seul !

Il se détourna et partit vers la Cadillac, Maria sur les talons.

— Et si c'est dangereux, mieux vaut qu'un seul d'entre nous prenne des risques, ajouta-t-il.

Entendant un coup de klaxon, il tourna la tête. La Jeep sortait du parking avec à bord Isabel, Trevor, Alex et Liz… Michael et Maria devraient aller ensemble au Musée de l'OVNI, dans la Cadi…

Seuls. Génial ! Il avait besoin de se concentrer, de se préparer à l'anéantissement de cette maudite conscience collective.

C'était déjà très difficile, car Maria l'obsédait. S'il devait en plus sentir son parfum et avoir une conscience aiguë de sa proximité…

Il claqua la portière aussi fort qu'il le put.

A la seconde où Maria referma la sienne, il démarra sur les chapeaux de roue et quitta la place de parking. Voyant Maggie McMahon s'apprêter à faire de même, il lui coupa la route. Il n'avait pas de temps à perdre en politesses. Plus vite il sortirait de la voiture et s'éloignerait de Maria, mieux il se porterait.

Il aurait été très injuste vis-à-vis d'elle de ne pas mettre immédiatement un terme à leur relation. Quant aux contacts physiques – réservés aux simples amis –, eux aussi étaient désormais bannis. Il devait la sevrer. Cela l'aiderait-il s'il imaginait que la peau de Maria n'était pas douce ?

Ni tiède au toucher…

Il jeta un coup d'œil à l'épaule féminine dénudée par le T-shirt.

… Ni terriblement tentante…

— Tu es nerveux ? demanda Maria.

— Bien sûr que non !

— Oh…

Quand elle fit courir un index sur le dos de sa main, il faillit perdre le contrôle de son véhicule.

— Alors, c'est normal que tes phalanges soient exsangues ?

Michael s'aperçut qu'il serrait le volant trop fort. Il se força à se détendre.

— Ne me touche pas quand je conduis, d'accord ?

Il regarda dans ses rétroviseurs avec ostentation. Puis il fixa la chaussée qui se déroulait devant lui. Repérant une tâche sur le pare-brise, il actionna le lave-glace, puis les essuie-glaces.

Il y a des tas de choses à penser quand on conduit. Elles n'ont aucun rapport avec Maria. Des choses anti-Maria, quoi !

Il arrêta les essuie-glaces et vérifia la jauge de carburant, puis d'huile… Non, il n'avait pas le temps de penser à elle. Ni à ses lèvres pulpeuses, de la couleur des framboises bien mûres. Juteuses. Et douces…

— Michael, nous venons de passer devant le musée, dit la jeune fille, déroutée par son attitude étrange.

Mince !

Il fit demi-tour – arrachant un petit cri à Maria – et se gara sur le parking du musée. Puis il descendit de voiture en un temps record, sans un regard à sa passagère.

Liz, Isabel, Alex et Trevor les attendaient.

Trevor vint à la rencontre de son frère, qui courait déjà vers l'escalier de son appartement.

— Je vais attendre ici. Viens me chercher dès que ce sera fini. Ou envoie quelqu'un si…

Michael sut ce qu'il avait l'intention de dire :

« … *Si tu as besoin de renforts contre la conscience collective, histoire d'en sortir vivant…* »

— C'est promis…

Ils auraient dû avoir d'autres choses à se dire… Mais aucune ne leur venait à l'esprit.

— Vous pouvez vous donner l'accolade, vous savez, lança Maria. Vous êtes des frères, après tout.

Michael et Trevor se regardèrent. Haussant les épaules comme pour signifier qu'il se moquait d'avoir un public, Michael attira son frère à lui et le serra dans ses bras, avant de s'écarter en lui flanquant une claque dans le dos.

Très viril, tout ça !

— Nous ferions mieux d'y aller…

Une main dans sa poche, il referma les doigts sur les Pierres de Minuit puis s'engagea dans l'escalier. Liz, Maria, Alex et Isabel l'imitèrent.

Les savoir à ses côtés réconfortait Michael, même s'il était prêt à régler le problème une fois pour toutes.

— Pourrons-nous t'aider une fois que tu seras entré ? demanda Alex.

— Non !

La voix de Michael était étonnamment calme. Il ouvrit la porte et traversa le salon. La télévision allumée, le pseudo-Max était devant l'écran, à l'endroit où il l'avait laissé le matin en partant.

— Hé, Max ! J'ai beaucoup réfléchi… Isabel,

Alex et Liz ont raison. Si tu veux retourner chez toi, nous t'aiderons à réaliser ton rêve.

Et voilà ! pensa-t-il.

Il referma une main sur l'épaule de Max et tenta d'établir la connexion.

Ai-je réussi ?

Il ne recevait aucune image. Mais il avait senti une sorte de *déclic*.

Il inspira profondément, expira, s'efforçant de se détendre, de laisser les images affluer… En vain. Il « voyait » une obscurité sans limites…

La conscience collective avait-elle compris ses intentions ? Essayait-elle de le tenir à l'écart ?

Max ! pensa Michael. *Max ! Je suis là ! On m'empêche de t'atteindre…*

Un sifflement emplit ses tympans ; la pression monta dans son cerveau, réduisant sa matière grise à la taille d'une balle de tennis…

Ses yeux débordèrent de larmes et il eut l'impression qu'ils allaient jaillir de leurs orbites d'une seconde à l'autre, tant la pression était grande.

La pression…

Il enfonça les doigts dans la chair de Max, refusant de briser la connexion. Les Pierres de Minuit auraient pu l'aider à résister, mais il était trop tôt pour abattre son jeu. Il devait être sûr de pouvoir frapper la conscience collective.

Le sifflement se fit plus fort. Quelque chose de chaud et d'humide goutta de son oreille gauche. Michael rassembla l'énergie qui lui restait pour lancer un dernier appel à son ami :

Max !

Une image se forma dans son esprit, anéantissant l'obscurité. Son cerveau reprit sa taille, l'horrible pression diminuant peu à peu. Le rugissement se tut. Son corps devint si léger qu'il ne sut plus s'il touchait encore terre. Le visage de Max se décomposa en une multitude de couleurs – les plus brillantes et les plus riches que Michael ait jamais vues.

Il se roula dans une tâche d'orange jusqu'à ce que la couleur pénètre par les pores de sa peau, envahisse son système sanguin et les cellules de son cerveau, colorant ses protons, ses électrons et ses neutrons… Il *devint* cette couleur.

Et le Michael-orange se sentit bien.

Au-dessus de lui, une tâche jaune safran se forma. Il tendit les bras pour l'attirer à lui, ouvrant grand la bouche afin de l'avaler. Tel du feu liquide, elle descendit dans sa gorge et son estomac. La chaleur le transforma en jaune safran…

Et le Michael-jaune safran se sentit bien.

Il se retourna, léger, et aperçut un geyser de bleu indigo. Il fallait qu'il y goûte ! Avec un cri de joie et de plaisir pur, il s'élança avide d'étancher sa soif…

Michael ! Non !

Il releva la tête. C'était la voix de Max.

Sors de là immédiatement ! ordonna-t-il.

Pourquoi ? demanda Michael.

Il baissa les yeux sur ses mains indigo. Elles étaient magnifiques ! Son corps était presque entièrement bleu. Mais il en voulait davantage. Il avait *besoin* de couleurs.

Il plongea.

Non !

Le gémissement de Max faiblit, puis mourut.

— Pourquoi Michael sourit-il comme ça ? souffla Maria à l'oreille de Liz. C'est… flippant !

Liz détourna les yeux de Michael, le temps de jeter un bref regard à son amie.

— Je l'ignore. Mais tu as raison, c'est flippant.

Alex se rapprocha d'elles. Liz sentit son haleine tiède lui effleurer les cheveux.

— Comment ça se passe, à votre avis ? demanda-t-il.

Liz se força à examiner le visage de Max. Comme d'habitude, il était inexpressif au possible.

Elle se raidit. Il y avait trop de questions. Trop d'inconnues. Qui savait ce qui se passait dans le corps de Max… ou dans la cervelle de Michael ?

— Je n'en ai pas la moindre idée…

Liz se sentait terriblement impuissante. Elle était une simple spectatrice… ignorant à quoi elle assistait.

— Si Michael avait commencé à utiliser les Pierres de Minuit, dit Isabel, nous les verrions briller, même à travers ses poches.

Elle se rapprocha de Liz ; tous formaient une sorte de noyau d'angoisse.

— C'est long, vous ne trouvez pas ?

— Peut-être, dit Alex. Mais comme personne

n'a tenté une expérience comme celle-là, nous n'avons pas de point de référence.

— Ça me semble trop long ! insista Isabel.

— Je n'aime vraiment pas le sourire de Michael, répéta Maria.

Ils se parlaient sans se regarder. La connexion entre Max et Michael semblait les hypnotiser.

Ne trouvant rien à dire pour réconforter et rassurer son amie, Liz lui prit la main. Une seconde plus tard, elle sentit celle d'Isabel se refermer sur sa main libre. Les bras écartés, Alex les serra toutes les trois contre lui.

Ils continuèrent d'attendre.

Les yeux de Liz commencèrent à la brûler. Elle avait cillé le moins possible pour ne rien manquer.

Rien d'important ne t'échappera si tu t'accordes une ou deux secondes de répit, pensa-t-elle.

Elle laissa ses paupières se fermer.

Un petit cri lui resta coincé en travers de la gorge quand elle rouvrit les yeux. Max était défiguré par la douleur. L'instant suivant, il redevint un zombie. Les mâchoires flasques, les lèvres molles, les yeux vides…

— Avez-vous vu… ? commença Liz.

— Oui, répondit Isabel en lui serrant la main si fort qu'elle lui fit mal.

Liz ignora la douleur.

— Qu'as-tu cru voir ? demanda-t-elle à son amie sans quitter des yeux le visage de Max.

Au cas où il subirait de nouveau un changement éclair.

— De quoi parlez-vous ? demanda Maria.

— De Max, répondit Isabel avec des larmes dans la voix. Une seconde, il a semblé redevenir lui-même. Puis quelque chose de terrible a dû lui arriver, car la douleur l'a pétrifié !

— Je n'ai rien vu, avoua Alex.

Il n'avait pas lâché les filles et les serra un peu plus fort contre lui.

— Je regardais Michael, avoua Maria, penaude.

Liz s'écarta du noyau rassurant que formaient ses amis et se rapprocha de Max et de Michael. Ce qu'Isabel et elle avaient vu avait-il laissé des stigmates ? Rien ne lui parut différent.

Isabel, Alex et Maria la rejoignirent.

— Les doigts de Michael… ! hoqueta Maria.

La gorge de Liz se serra à la vue de la main que Michael avait refermée sur l'épaule de Max.

Elle allait vomir…

— Dites-moi que mes yeux me jouent un mauvais tour ! supplia Maria.

Liz tira doucement sur le poignet de Michael. Il ne bougea pas d'un pouce.

— Non, ils ne te jouent aucun tour…, répondit-elle.

Elle dut déglutir avant d'énoncer la phrase la plus ridicule – et pourtant vraie ! – de sa vie.

— La main de Michael… s'est fondue dans l'épaule de Max…

Isabel courut jusqu'à la porte d'entrée.

— Trevor, monte, je t'en supplie ! cria-t-elle.

Un bruit de pas précipités résonna dans l'escalier. Isabel revint dans la chambre, Trevor sur les talons.

Le jeune homme s'arrêta net en découvrant l'incroyable spectacle.

— As-tu déjà vu un phénomène pareil ? demanda Alex.

Il devint livide. Liz ne l'avait jamais vu ainsi. Elle ne devait pas avoir plus de couleurs que lui… Penser à ce genre de détail l'empêchait de s'évanouir.

Trevor ouvrit la bouche et la referma, la gorge nouée.

— Non…, croassa-t-il. Mais on dirait que… Je pense que Michael est peu à peu absorbé par Max. Par la conscience collective !

— Pouvons-nous le libérer ? demanda Liz. (Elle tressaillit en imaginant un couteau déchirant les chairs de Max.) Un doigt de Michael est enfoncé, mais pas très profond. Je vois la dernière phalange…

Elle dut inspirer profondément pour se calmer.

Un petit bruit de succion… Sous le regard effaré des cinq amis, la main de Michael s'enfonça jusqu'au poignet dans l'épaule de Max.

— Le processus s'accélère ! gémit Trevor, désespéré.

— Il faut le libérer ! cria Maria.

Elle prit Michael par les épaules et le secoua. L'entité Max-Michael ne broncha pas.

Isabel se tourna vers Trevor, les yeux fous.

— Et si nous établissions une connexion de

groupe, avant de nous lier à eux ? Crois-tu que nous pourrions les séparer ?

— Je n'en sais pas plus que toi. Ça pourrait marcher. Ou nous pourrions être abs…

— Tentons le coup ! décida Maria.

Elle prit la main de Liz et celle d'Alex.

Stimulé par la peur, le cœur de Liz battait la chamade. Elle se rapprocha néanmoins de Max et prit sa main inerte dans la sienne, serrant assez fort pour deux.

La connexion s'établit dès qu'ils eurent complété le cercle. Chacune de leurs auras était comme une flamme dans un feu de joie – l'ambre de Liz, le bleu saphir de Maria, l'orange solaire d'Alex, le violet foncé d'Isabel, le magenta de Trevor…

Mais où était le vert émeraude ? Et le rouge sang ?

Où est Max ? Où est Michael ?

Comme en réponse, un filet de vert émeraude liquide apparut, suivi par une langue rouge. L'incendie se transforma en fontaine, toutes leurs auras formant des gerbes qui bondissaient et se chevauchaient dans une folle farandole.

D'autres couleurs envahirent la fontaine – mandarine, indigo, safran, fuchsia, lilas… Celles de la connexion que formaient Liz, Maria, Alex, Isabel, Trevor, Michael et Max se diluèrent à mesure que d'autres se mêlaient à elles. Chacune perdit bientôt son individualité et la fontaine devint d'un brun boueux peu engageant.

Ce n'est pas bon, pensa Liz. *Pas bon du tout.*

Elle secoua la tête, sentant ses cheveux bouclés lui caresser le visage.

Mes cheveux bouclés ?

Ce n'étaient pas les siens mais ceux de Maria ! Tout ce que voyait Liz, c'était du brun. Partout, à l'infini… Elle comprit ce qui se passait. A leur tour absorbés, ils se fondaient les uns dans les autres…

Elle s'efforça de visualiser mentalement l'ambre crémeux de son aura. Au début, elle vit le brun boueux de la fontaine. Non… L'ambre était plus clair – de la couleur des tranches de pain grillé qu'affectionnait Adam. Du scotch que son père buvait, parfois. Du miel dont Maria se servait à la place de sucre. Ambré comme la crinière d'un lion. Comme le bois de la commode de son *abuelita*.

Un geyser d'ambre pur jaillit de la boue.

Oui ! exulta-t-elle.

De nouveau forte et en pleine possession de ses moyens, Liz projeta une image du bleu saphir scintillant de Maria – le bleu d'un lac en été, du tutu qu'elles avaient porté pour leur gala de danse d'enfance, des yeux de Maria…

Soudain, le bleu de Mlle DeLuca apparut à côté de son ambre.

Alex avait dû comprendre la manœuvre, car son orange solaire réapparut, vite suivi par le violet d'Izzy et le magenta de Trevor.

Maria envoya l'image d'une sucette de la Saint-Valentin, du même rouge sang que l'aura de Michael. Liz répondit par celle d'un panneau « stop ». Alex renchérit avec une Mustang à la carrosserie si rutilante qu'on en aurait mangé. Isabel fit apparaître des ongles peints. Trevor compléta le tableau avec une image de Mars.

Liz sonda l'étendue de boue. Elle ne vit rien de rouge. Mais des bulles se formaient à la surface, dans un angle. Elles s'élargirent, éclatant de plus en plus vite…

Un flot de rouge jaillit.

Encore un !

Allez, Max ! C'est ton tour, pensa-t-elle.

Elle se concentra sur l'image d'une émeraude parfaite et la projeta de toute la force de son esprit.

La connexion se rompit.

Liz chancela. Le salon de l'appartement lui réapparut. Elle se retourna pour voir Max, espérant… priant !

Il était aussi absent qu'à l'accoutumée.

— Tu vas bien, Michael ? demanda Isabel.

Liz regarda la main qu'avait absorbée l'épaule de Max. Libérée de sa gangue de chair, elle paraissait fonctionner normalement.

— Oui, je vais bien, répondit Michael en pliant les doigts. Mais il est temps de passer au plan de secours…

Tous se tournèrent vers Max.

— L'ennui, c'est que nous n'avons aucun plan de secours, rappela Alex.

CHAPITRE VIII

— Dois-je me métamorphoser en Max dès maintenant ? demanda Trevor en s'asseyant sur le lit impeccable d'Isabel.

— Non. Tu as deux bonnes heures devant toi.

Isabel prit un chaton en verre sur sa table de nuit, saisit un mouchoir en papier et l'astiqua rageusement.

— Je n'arrête pas de repenser à Max. Je suis sûre que la conscience collective lui veut du mal. Pour le punir de nous avoir laissé utiliser les Pierres de Minuit contre elle…

Trevor voulut répondre, mais Isabel ne lui en laissa pas le temps. Elle nettoyait le chaton avec de plus en plus de frénésie.

— Quand nous aurons trouvé un moyen d'anéantir la conscience collective – *si* nous en trouvons un – qu'arrivera-t-il à Max ? Tu penses qu'il en mourra. Mais je refuse d'accepter ça. C'est…

La queue du chaton en verre se brisa entre ses

doigts. Elle baissa la tête, des larmes lui montant aux yeux.

Trevor ne prit pas la peine d'essayer de la réconforter. Exhiber ses émotions n'était pas le genre d'Isabel. Etre débordée ou bouleversée la mettait en colère. Il feignit de ne rien avoir remarqué. Prenant les restes du chaton en verre, il mobilisa ses pouvoirs et poussa les molécules à *se recoller*. Ensuite, il reposa l'objet décoratif sur la table de nuit.

— Ce minou est plus en sécurité à sa place...

Quand il était avec Isabel, le rythme cardiaque de Trevor s'accélérait. Pour avoir étudié avec soin le matériel fourni par la Fraternité, il savait que cela exprimait l'attirance sexuelle, dans l'espèce humaine. De prime abord, ça lui avait semblé passablement dégoûtant – surtout la sudation. Mais que son cœur batte plus vite n'avait rien de désagréable. Au contraire, il se sentait plus vivant.

Il avait remarqué autre chose : si Liz et Maria étaient aussi attirantes que la sœur de Max, son corps humain ne réagissait pas à elles de la même façon.

C'était étrange. Mystérieux...

Et il adorait ça !

— Merci, murmura Isabel. Quand je pense à Max, j'ai l'impression de devenir folle...

Elle plia le mouchoir en deux, puis recommença...

Trevor se sentit coupable. Sa nuque le brûla. Il

était là à rêvasser aux délices de l'attirance physique alors que sa compagne souffrait.

Si Isabel avait appartenu à la Fraternité, on lui aurait sèchement rappelé qu'un tel sacrifice était un honneur. Si Max mourait en affrontant la conscience collective, sa mort s'inscrirait parmi les plus nobles qui soient.

Mais il n'avait aucune envie de sermonner Isabel.

— J'aimerais pouvoir t'aider, dit-il. Mais je ne connais pas les réponses à la moitié de tes questions.

— Je sais…

Isabel pliait toujours son mouchoir… Elle continua jusqu'à avoir obtenu un carré si petit et si épais qu'il lui fut impossible de le tordre.

Trevor le lui prit. Isabel lui jeta un regard courroucé, sourcils froncés, mais ne fit pas un geste pour récupérer son « jouet ».

— Nous devrions partir, dit-il, cherchant toujours une solution pour qu'elle se sente *un peu* mieux. Demain, Michael, Maria et moi plancherons sur une stratégie de secours, pendant que Liz, Alex et toi surveillerez Max. Alors, ce soir, faisons une pause.

— Pendant que Max est torturé par la conscience collective ? cria Isabel, ses yeux lançant des éclairs furibonds.

— Tu veux que je sorte acheter des boîtes de mouchoirs pour que tu puisses les plier jusqu'à épuisement ? proposa Trevor, imperturbable.

— Je n'aurais rien contre une activité éreintante… A condition de me réveiller seulement quand nous pourrons sauver Max.

— As-tu idée de ce que tu voudrais faire ?

— J'aimerais aller danser au *UFOnics*.

Une demi-heure plus tard, ils entrèrent sur la piste de danse bondée de la discothèque. Quand Trevor s'inquiétait de ne trouver aucune stratégie de rechange, il se hâtait de se concentrer sur les mouvements de son corps. Chaque fois qu'il pensait à quel point Isabel et les autres seraient abattus en cas d'échec, il faisait de même. Bref, il suivait son propre conseil : ne penser à rien et danser.

Isabel semblait l'avoir écouté. Elle se déhanchait les yeux fermés – attendant des autres qu'ils se débrouillent pour ne pas la bousculer. Ses cheveux blonds ondulaient au rythme de ses déhanchements.

Le cœur de Trevor s'emballait à ce spectacle, battant à ses tempes jusqu'à couvrir le vacarme assourdissant de la musique. Son corps produisait une substance qui, infiltrée dans sa circulation sanguine, le rendait euphorique. Quelqu'un, un jour, réussirait-il à produire un tel effet sur lui, dans son monde… ? Bien sûr, il ne connaîtrait pas alors d'accélération de ses pulsations cardiaques – c'était propre au corps humain. Mais éprouverait-il jamais des réactions aussi intenses ?

Il n'avait aucun moyen de le savoir. Au sein de la Fraternité, mâles et femelles vivaient séparés jusqu'à ce que vienne pour eux l'heure d'entamer un cycle de reproduction. Selon la Fraternité, ils étaient plus productifs ainsi. Maintenant, Trevor comprenait ce point de vue. S'il avait ressenti cela sur sa planète, il n'aurait plus eu l'esprit à agir. Il aurait seulement pu suivre comme un toutou celle qui provoquait en lui des réactions aussi enivrantes.

La musique s'arrêta, puis reprit. Le rythme changea, plus lent et sensuel. Isabel rouvrit les yeux et les posa sans hésitation sur Trevor.

Les paumes du jeune homme redevinrent moites.

— Estimes-tu toujours mon apparence humaine assez attirante pour que n'importe quelle fille veuille danser avec moi ? demanda-t-il.

Il se souvenait de leur conversation, le soir où Michael avait organisé une fête au Musée de l'OVNI.

— Assurément, répondit-elle.

Les lumières colorées du *UFOnics* l'empêchaient de percevoir l'aura de sa cavalière, mais il devina que sa thérapie par la danse avait eu les effets escomptés.

— Toi comprise ? ajouta-t-il, les yeux dans les siens.

Pour toute réponse, Isabel l'attira à elle, puis lui noua les bras autour du cou. Trevor lui serra la taille. Ils ondulèrent sans vraiment bouger. Ni prendre la peine de feindre de danser.

La présence d'Isabel était si grisante... Elle occupait toutes ses pensées, tous ses nerfs réagissant à sa proximité. Quand elle posa une joue sur son épaule, rapprochant encore son corps du sien, il sentit son cœur battre… très vite.

Ce qu'il éprouvait n'était pas à sens unique… Au moins en cet instant hors du temps, de toute pensée cohérente et de l'univers…

Il en eut le souffle coupé.

Liz était assise sous un énorme saule pleureur. Une pâle lumière verte régnait dans ce boudoir végétal.

Un minuscule service à thé était posé devant elle. Les tasses et la théière étaient décorées de roses en boutons d'une précision remarquable. Elle prit une tasse et but. Une goutte de miel lui tomba sur la langue.

Il y avait une seconde tasse, de l'autre côté de la théière. Pour qui ? Liz était seule.

Elle jeta un coup d'œil au-delà du rideau de rameaux verts. Le désert s'étendait à perte de vue.

Il n'y avait personne.

— Veux-tu une autre tasse de thé, Liz, très chère ? se demanda-t-elle. Eh bien, oui. Merci beaucoup…

Elle lissa du plat de la main les plis de sa robe, souleva la théière et se servit.

Trois grains de raisin tombèrent dans sa tasse.

Liz plissa le front de stupéfaction. Des grains de raisin, dans une théière ? Quant à cette robe brodée, elle la portait à la maternelle. Comment pouvait-elle encore lui aller ? Et…

Attends, il n'y a pas que ça qui cloche…

Que faisait un saule pleureur dans le désert ?

Ce n'est pas réel ! comprit Liz. *Encore un de ces songes où j'ai conscience de rêver…*

Max y figurait-il ?

Elle se leva et écarta les branches du saule pleureur. Dehors, Max avait-il pu prendre la forme de quelque chose ?

Du sable et le ciel, à perte de vue… Elle était le seul être vivant à des kilomètres à la ronde – avec le saule pleureur, unique végétal du paysage.

Liz reprit sa place devant le service à thé, le dos au tronc de l'arbre.

Peut-être puis-je appeler Max ?

Quel mal y avait-il à essayer ?

— Max… M'entends-tu ? Peux-tu me rejoindre ? S'il te plaît, essaie…

Une branche vint lui caresser le visage. Elle la repoussa.

— J'ai deux tasses à thé…

De nouveau, la branche lui effleura la joue, ses feuilles aussi tièdes que de la peau… Liz se souvint des doigts de Max lui caressant le visage. Exactement de cette manière…

— C'est toi ! Les saules pleureurs n'ont pas un feuillage aussi foncé. La couleur de ton aura ! C'est toi, Max !

Et Max adorait lui toucher les cheveux.

C'était *vraiment* lui !

— Trouvons un moyen de communiquer. C'est la priorité…

Elle projeta une pensée claire et forte.

Ça va ? Que peux-tu nous révéler sur la conscience collective pour que nous te libérions de son emprise ?

Elle « tendit l'oreille », tentant de capter un murmure dans son esprit. En vain.

— Il n'y a donc dans ce rêve aucune télépathie entre l'humaine et l'arbre…

Mais *c'était* un rêve. Au contraire de Max et de ses semblables, elle n'avait pas de pouvoirs… Cependant, dans ses songes, ne pouvait-elle pas créer *sa* réalité ? D'autant qu'elle était consciente de rêver…

— Peut-être deux arbres peuvent-ils communiquer par télépathie ?

Liz se concentra sur ses membres inférieurs. Elle ordonna à ses pieds de s'allonger, de se métamorphoser en racines et de s'enfoncer dans le sol.

La terre frémit.

— Ça marche !

Avec des craquements sinistres, la terre s'ouvrit. Liz trébucha et tomba à la renverse, échappant de justesse à une chute vertigineuse dans la crevasse qui venait de se former… et d'emporter le saule pleureur.

— *Non !* cria-t-elle, voyant l'arbre disparaître.

Le ravin se referma. Quelques secondes plus tard, le sol du désert était redevenu lisse.

Comme si le saule n'avait jamais existé.

Comme si Max n'avait jamais été là.

— Toc, toc ! dit la mère de Maria en ouvrant la porte de la chambre sans attendre de réponse.

Une de ses manies les plus agaçantes !

Maria appuya sur le bouton « pause » de la télécommande et tourna la tête vers l'intruse, qui portait son sempiternel pull noir tellement moulant qu'il en devenait indécent. Le vêtement semblait avoir migré définitivement dans le placard de sa mère…

Encore une manie *très* agaçante.

— Je rentrerai probablement plus tard que d'habitude, ce soir, annonça Mme DeLuca.

Elle se dandinait d'un pied sur l'autre.

— Bien, répondit Maria.

Elle se retourna vers l'écran – Karen Allen était sur le point de s'évanouir… Sa mère comprendrait-elle, à son comportement, qu'elle voulait suivre le film ?

Apparemment, non.

— Je sors de nouveau avec Daniel.

— C'est quoi ? Votre cinquième sortie ? demanda Maria.

— Oui. Je me suis dit que… enfin… le troisième rendez-vous est censé être spécial, mais…

Ne finis pas cette phrase, maman ! Pitié, ne la termine pas…

Maria ne pouvait pas parler de la vie sexuelle de sa mère. Pas maintenant.

— Mais c'est peut-être un truc que j'ai lu dans un magazine !

Mme DeLuca semblait s'être ravisée… Ou avoir

compris que manifester sa surprise de n'avoir pas eu de relations sexuelles avec son ami à l'issue du troisième rendez-vous était pour le moins... déplacé.

— Peut-être..., fit Maria

— Tu te souviens du parfum que tu prépares pour moi ? Eh bien, je l'ai souvent porté, ces derniers temps... Daniel l'aime beaucoup. Mais je viens de m'apercevoir qu'il ne m'en restait plus une goutte. J'aurais tellement aimé en mettre ce soir...

Sa mère posa sur Maria un regard plein d'espoir.

— Il vient me chercher dans cinq minutes, ajouta-t-elle.

— Je n'aurais jamais le temps...

C'était la vérité. De toute façon, avait-elle envie d'aider sa mère à séduire un homme ? Elle avait abandonné tout espoir de voir ses parents se rabibocher. Mais...

— D'accord, soupira Mme DeLuca, déçue. Ça ne fait rien.

Elle se passa une main sur les cheveux, les effleurant à peine. Maria s'avisa qu'elle s'était coiffé avec soin – et d'une manière différente.

Ce flirt compte vraiment pour elle...

— Attends ! dit-elle alors que sa mère s'apprêtait à sortir. Je peux improviser quelque chose d'approchant. Assieds-toi.

Elle tapota le bord de son lit. Mme DeLuca obéit avec un sourire soulagé.

Maria prit deux flacons sur sa table de nuit et les déboucha. Elle tourna paume vers le haut la main droite de sa mère, versa une goutte de chaque flacon sur son poignet et les fit pénétrer dans la peau. Un frémissement courut le long du bras de Mme DeLuca.

Maman est nerveuse…

Maria massa avec plus d'insistance.

— Merci, dit sa mère. Je voudrais être… parfaite. Non que ce soit vraiment possible…

Je connais ces symptômes… Maman aime beaucoup ce type, mais elle ignore ce qu'il ressent pour elle… Elle s'inquiète. Est-ce un signe, une signification cachée – genre « il ne m'aime pas vraiment » – qui se dissimule derrière ces cinq rendez-vous sans… ?

Maria s'arrêta net. Elle ne voulait pas laisser ses pensées prendre ce chemin.

— Tu es très belle, maman. Et tu sens bon !

La sonnette de l'entrée retentit. Mme DeLuca bondit.

— C'est lui !

— Maman ! lança Maria alors que sa mère était sur le point de sortir. S'il ne… hum… (Elle décida de recommencer depuis le début.) S'il ne t'*apprécie* pas, c'est lui le perdant !

— Oh, c'est tellement gentil !

Mme DeLuca revint sur ses pas et serra Maria contre elle. Puis elle fit demi-tour et partit à grands pas.

Maria se rallongea au milieu du nid de coussins qu'elle avait disposé sur son lit.

— Suis aussi ce conseil…, murmura-t-elle. Si Michael ne t'apprécie pas, tant pis pour lui !

Elle appuya sur le bouton « marche » de la télécommande.

Une minute plus tard, elle fut de nouveau hypnotisée par l'écran.

Absorbée par l'histoire, elle faillit tomber de son lit en entendant sa fenêtre s'ouvrir, une heure plus tard.

— Michael, tu m'as fait une de ces peurs ! dit-elle alors qu'il entrait.

— Ce n'est pas la première fois !

— Mais il y a longtemps que tu ne l'avais plus fait !

Son ton était plus sec qu'elle ne l'aurait voulu. Et après ? C'était vrai, non ?

— Que regardes-tu ? demanda Michael.

Il fit un pas vers le lit. Mais il se ravisa et se rabattit sur une chaise.

— Euh, rien ! La télé est allumée parce que j'aime bien avoir un fond sonore.

Où était passée la télécommande ? Qu'avait elle fichu de cette maudite télécommande ? Elle tâtonna sous les coussins.

— C'est ça que tu cherches ?

Michael ramassa la télécommande, tombée par terre, et la garda.

Maria plongea vers le téléviseur et chercha le bouton « marche/arrêt ».

Il fallait qu'elle l'éteigne…

— *Starman*… !

Trop tard !

Maria vit qu'il tenait le boîtier de la cassette de location.

— Alors, comme ça, tu loues des films pour avoir un fond sonore ?

— Ça m'arrive... Stupide, non ? Mais ça ne devrait pas t'étonner... Ne suis-je pas idiote ?

Trouvant enfin ce qu'elle cherchait, elle éteignit la télévision puis retourna s'asseoir en tailleur sur le lit.

Toujours armée de la télécommande, Michael ralluma l'écran.

— Regardons la fin. Je ne l'ai jamais vue...

Ce serait pire si je me levais pour éteindre la télé une seconde fois, pensa Maria. *Par ma faute, il a compris que je ne voulais pas qu'il sache ce que je regardais... C'est justement pour ça qu'il a rallumé.*

Michael tendit les jambes devant lui. Maria évita d'admirer à quel point son jean lui allait bien – oh, pendant une ou deux secondes, peut-être...

— Que s'est-il passé, jusque-là ? demanda-t-il.

Ah, oui, passons au niveau supérieur d'humiliation...

— Eh bien, ce type... (elle désigna Jeff Bridges, occupé à ressusciter un daim mort sur un parking)... C'est lui, Starman, l'homme venu des étoiles. Après le crash de sa navette spatiale, il a pris l'apparence du mari décédé de Karen Allen. Il s'est servi de l'ADN d'une mèche de cheveux trouvée dans un album photo...

A force de noyer Michael sous un déluge de

détails, il ne s'apercevrait pas qu'il l'avait surprise en train de soupirer devant un film d'amour entre un extraterrestre et une humaine…

— Bref, il doit retourner à bord du vaisseau-amiral, ou il mourra. Sans compter qu'il est poursuivi par l'armée et par un agent du gouvernement – plutôt sympa, celui-là.

« Starman a découvert qu'il adorait la tarte aux pommes. Et il vient d'apprendre à conduire. Au début, il croyait que le feu orange invitait à accélérer, puisque Karen conduit ainsi – je veux dire, Jenny… le nom du personnage, c'est Jenny, et Karen, c'est celui de l'actrice. Et…

— J'ai plus ou moins compris l'histoire, coupa Michael.

— Bien.

Maria se glissa près de la tête de lit et fixa l'écran. Très vite, l'histoire la transporta de nouveau dans un autre monde.

Quand arriva la fin, où Jenny et Starman doivent se dire adieu, Maria sentit les larmes lui monter aux yeux.

Michael ne regardait plus l'écran…

Maria tenta de retenir ses larmes, mais elles ruisselèrent sur ses joues. La tristesse de Jenny, quand elle voyait Starman s'éloigner, était trop réelle pour elle.

— Répète après moi. Fiction. Réalité. Fiction. Réalité, dit Michael, sarcastique.

Les dents serrées, Maria hocha la tête, mais ne put étouffer un gémissement.

C'était si triste.

Michael lui jeta la boîte de mouchoirs posée sur la table de chevet.

— Il faut que j'y aille.

Ça, pour une surprise…

Maria se sécha les yeux.

— Attends !

Elle prit un autre mouchoir pour se tamponner le visage. Chaque fois qu'elle pleurait, elle avait la peau couverte de taches rouges. C'était injuste ! Pourquoi ne pouvait-elle s'abandonner à l'émotion avec la grâce de Karen Allen ?

— Quoi ?

Déjà debout, Michael avait les mains dans les poches de son jean.

— Hier, j'ai cru comprendre que Trevor voulait que tu retournes sur votre planète avec lui. C'est vrai ?

Elle n'avait pas prévu de lui demander ça, même si elle mourait d'envie de connaître la réponse. Mais c'était plus fort qu'elle.

— C'est vrai ? répéta-t-elle.

— J'y réfléchis…

Il sortit comme il était venu, la laissant sans voix… et le cœur en miettes.

CHAPITRE IX

Maria était déjà à leur table habituelle, au *Flying Pepperoni*, quand Michael arriva. Il hésita. Devait-il s'asseoir à côté ou en face d'elle ?

En s'installant à côté d'elle, il risquait de l'effleurer… et de sentir le parfum de ses huiles essentielles. Assis en face, il serait obligé de la regarder, et…

— Pourquoi nous arrêtons-nous ? demanda Trevor, derrière lui.

Michael repartit d'un pas décidé et prit place sur la banquette en similicuir, face à Maria.

Il n'arrivait toujours pas à croire qu'il s'était introduit dans sa chambre, la veille, après tous les sermons qu'il s'était faits sur le sevrage. Au moins, il n'était pas allé jusqu'à s'allonger près d'elle… Il lui restait un peu de matière grise en état de marche.

Il ne l'avait pas touchée, même en la voyant pleurer… Pourtant, une impulsion le poussait à la prendre dans ses bras et à l'embrasser…

Qu'est-ce qui ne tournait pas rond chez lui ?

— A présent que la joyeuse bande est au complet, vous voulez passer une commande ? demanda Lucinda Baker en sautillant vers leur table.

— Je n'appellerais pas ça une « joyeuse bande », marmonna Maria.

Elle prit un gressin, qu'elle cassa en deux avec un craquement sec.

— Que diriez-vous, pour commencer, d'un plat d'ailes de poulet épicées servies avec notre sauce spéciale ? proposa la jeune serveuse.

— Lucinda, va donc faire un tour aux objets trouvés, dit Maria. Je crois y avoir vu ton cerveau…

Lucinda baissa la voix.

— Le directeur régional est ici. Je suis censée être une… (Elle désigna le badge qui ornait sa poitrine : « *Je suis une serveuse heureuse* »). Je suis également supposée inciter les clients à prendre des entrées. Faites ça pour moi, et je promets de les rembourser demain, au lycée. Soyez sympas, je suis à deux doigts de me faire virer !

Lucinda éleva de nouveau la voix :

— Ou peut-être préférez-vous une assiette de nos bâtonnets super-croustillants à la mozzarella ? Ils sont dé-li-cieux !

— Du fromage frit…

Maria secoua la tête.

— Ça vient de moi, ou il y a quelque chose d'obscène à faire frire du fromage ?

Elle jeta un regard mauvais à Michael, comme

s'il était l'inventeur des bâtonnets de mozzarella frite…

— Nous prendrons les ailes de poulet, dit Michael. Ensuite, une pizza moyenne, un tiers végétarienne, deux tiers ananas et boulettes de viande. Comme boissons, ce sera une eau minérale, un Lime Warp…

Il interrogea son frère du regard.

— … Et un soda à l'orange, ajouta Trevor.

— Je vous apporte ça très vite ! s'écria Lucinda avant de filer.

— Merci de m'avoir demandé ce que je voulais ! marmonna Maria.

Michael eut envie de lui crier qu'elle avait une langue. A elle d'en faire le meilleur usage ! Mais puisqu'elle ne pouvait pas se montrer raisonnable, il s'efforça de l'être pour deux.

— Maria, nous sommes venus manger ici un million de fois… (Il tira une serviette en papier du petit distributeur et entreprit de la déchirer en minuscules morceaux.) Et un million de fois, tu as mangé une pizza végétarienne.

« Alors, où est le problème ?

— Sous prétexte que tu es un garçon, tu imagines pouvoir prendre toutes les décisions !

— Ça n'a rien à voir avec être un garçon… !

Trevor s'éclaircit bruyamment la gorge.

— Pourrions-nous parler de notre plan de secours… inexistant ?

— Tu sais que je suis végétarienne, et ça ne t'a

pas empêché de commander des ailes de poulet ! insista Maria.

— Quoi ? Tu aurais préféré le fromage frit que tu as qualifié de pornographique ? murmura Michael.

— D'obscène ! marmonna Maria.

— DuPris m'avait obligé à regarder de vieilles sitcoms, dit Trevor. Dans l'une d'elles, Bobby et Peter – je crois que c'étaient leurs noms – traçaient une ligne au milieu de leur chambre. Dans une autre, Skipper et Gilligan se partageaient leur hutte comme ça. Sans mentionner l'épisode où Grandpa et Herman décidaient également d'une démarcation…

— De quoi diable parles-tu ? explosa Michael.

— Traçons une ligne au milieu de la table, puis disons qu'une moitié est à toi et l'autre à Maria… Alors, nous pourrons peut-être réfléchir à une nouvelle stratégie. C'est pour ça que nous sommes là, non ?

— Je n'y suis pour rien…, marmonna Michael.

— C'est ça ! répliqua Maria.

— Max…, souffla Trevor.

Il posa les mains à plat sur la table.

— Max Evans. *Votre* ami. C'est pour lui que nous sommes ici, rappelez-vous.

Michael se sentit mal à l'aise. Son frère avait raison. Ils n'avaient pas de temps à perdre. *Max* finirait par pâtir de leurs stupides chamailleries.

Se quereller avec Maria était indéniablement une perte de temps.

— Alors, qu'avons-nous appris de notre dernière tentative ?

— Nous connecter à la conscience collective pour l'anéantir de l'intérieur n'est pas une solution, répondit Maria.

— Et utiliser les deux Pierres de Minuit ne nous donne pas plus de puissance qu'avec une seule, ajouta Trevor.

— En gros, nous savons que dalle ! résuma Michael.

La nuque appuyée au dossier de la banquette, il attendit que Lucinda finisse de poser sur la table leurs boissons et les ailes de poulet.

— Peut-être faudra-t-il nous résoudre à suivre le plan de DuPris, après tout, continua-t-il dès que la serveuse fut hors de portée.

— Mais il implique la mort de centaines d'innocents ! s'indigna Maria.

— Aucun de nous ne veut en arriver là, assura Trevor. Mais je me demande si ça n'est pas l'unique moyen de parvenir à nos fins. Tant de morts pour sauver une vie – fût-ce celle de Max – serait impensable. Hélas, ça ne concerne pas que lui. La conscience collective doit être anéantie au nom de tous ceux qui luttent pour avoir droit à une vie indépendante.

— S'il faut en arriver là, tu n'auras pas à agir seul, Trevor, dit Michael.

Son cœur battait à tout rompre. Mais il pensait ce qu'il disait.

— Je franchirai le vortex avec toi et je commanderai à tes côtés l'escadron chargé de voler la troisième Pierre de Minuit !

Maria eut un petit cri de détresse, mais s'abstint de tout commentaire. Avec une concentration suspecte, Michael versa du sucre dans la sauce spéciale et la remua.

Ignorant toujours la jeune fille, il plongea une aile de poulet dans sa mixture sucrée-salée et mordit dedans...

Puis il releva la tête. Dieu, Maria était si pâle ! Ses lèvres couleur framboise en paraissaient plus « framboisesque » encore. Il n'avait pas besoin de se rapprocher pour savoir qu'elle était tendue à craquer... Il mourait d'envie de la masser jusqu'à ce qu'elle se relaxe...

— Il faut que... j'aille aux toilettes, dit-il.

Il se leva et partit au pas de course.

Une bouchée d'aile de poulet et me voilà transformé en poule mouillée..., pensa-t-il, écœuré par sa réaction.

Il entra dans les toilettes des hommes et jeta un coup d'œil sous les portes des cabines pour voir si elles étaient occupées... Non, il était seul.

Il foudroya du regard son reflet, dans le miroir le plus proche.

— Regarde la réalité en face ! Tous tes beaux discours sur le sevrage, ce n'était pas pour le bien de Maria mais pour le tien ! Tu as tout fichu par terre, la nuit dernière, en allant la retrouver dans sa chambre. Maintenant, fous-lui la paix. Cesse de penser à elle, surtout quand ça tourne au fantasme !

Michael tourna en rond comme un lion en cage, puis revint se placer devant le miroir.

— Ce que tu ressens ne doit pas t'empêcher de réaliser le plus grand rêve de ta vie. Ni d'aller rebâtir un *monde* ! Tes parents auraient voulu que Trevor et toi finissiez ce qu'ils ont commencé…

Il se pencha au-dessus du lavabo et s'aspergea d'eau froide.

— Te souviens-tu de Cameron ? De ce que tu éprouvais pour elle ? Eh bien, c'est terminé. Qui sait ? Dans quelques mois, Maria ne sera sans doute plus qu'un…

Hélas, avec le recul, il doutait d'avoir ressenti pour Cameron le dixième des sentiments que lui inspirait Maria… Ce que Cameron et lui avaient vécu dans le complexe souterrain avait créé des liens entre eux. Et il fallait avouer qu'elle était superbe.

Mais Maria et lui avaient passé des dizaines de soirées ensemble à regarder des films d'horreur et à faire du baby-sitting. On aurait juré qu'elle avait enfoncé ses « racines » dans son corps sans qu'il en ait eu conscience…

Et maintenant, la perspective de ne plus jamais la revoir…

— Tu n'as pas le choix. Opération Sevrage !

Il arracha deux ou trois serviettes en papier du distributeur et s'épongea avant de retourner dans la salle.

— Les Pierres de Minuit sont si puissantes !

disait Maria. Comment croire qu'il existe des exploits hors de leur portée ?

Elle ne regarda pas Michael quand il se glissa en face d'elle.

Trevor prit une part de la pizza arrivée sur leur table pendant que Michael soliloquait dans les toilettes.

— Je ne suis pas sûr qu'il faille les *trois* Pierres de Minuit pour anéantir la conscience collective, dit-il. Mais tant que l'entité possédera une des Pierres, elle restera sans doute assez forte pour repousser une attaque, même dirigée par les deux autres.

— Ça ne nous avance pas à grand-chose ! dit Michael. Je ne vois toujours pas ce qu'on peut faire…

Il prit une part de pizza à l'ananas et aux boulettes de viande et la sucra abondamment.

Le nez plissé de dégoût, Maria but une gorgée de son eau minérale.

— Je me demande quelle est la portée de l'appareil que Kyle a utilisé pour vider de son pouvoir une de nos Pierres. Rappelez-vous… Ça lui a pris quelques secondes.

— Et il a fallu des jours pour qu'elle retrouve sa puissance, renchérit Trevor.

— Mais la portée de cet appareil ne suffira jamais à atteindre notre planète, conclut Michael.

— Et pourquoi pas un minuteur ? Ou une télécommande ? proposa Maria.

Michael s'avisa qu'elle ne mangeait pas. La

raison étant évidente, il s'abstint de tout commentaire.

— Je n'ai pas envie de vous voir partir là-bas pour soulever une armée et vous emparer de la troisième Pierre de Minuit – au prix de combien de vies innocentes ? – s'il existe un autre moyen de parvenir à nos fins.

— Peut-être pourrions-nous ajouter un minuteur à cet objet et l'expédier sur notre planète via un vortex, proposa Trevor. Il viderait de son pouvoir la Pierre qui y est toujours... Sans danger pour les nôtres, à l'abri sur Terre.

— Donc, acte un... nous récupérons l'arme de Kyle, résuma Michael, stimulé par une poussée d'adrénaline.

C'était si bon ! Ils avaient l'ébauche d'un plan. Plutôt fumeux, certes... Mais c'était un début !

— Bien, dit Maria. Hélas, Kyle Valenti est le seul à savoir où il est.

— Alors où est Kyle ? demanda Trevor.

— Toujours au... repos..., répondit Maria. Dans une institution spécialisée.

Les yeux rivés sur Alex, Liz serra plus fort la jambe de Max. Si elle regardait le corps de son bien-aimé, elle aurait le sentiment horrible qu'Isabel, Alex et elle portaient son cadavre.

Il est encore en vie et c'est toujours Max, se rappela-t-elle. *Mais pour le moment, aucun de nous ne peut le voir...*

— Fais attention, Alex ! cria Isabel. Tu as failli lui cogner la tête contre la rampe !

Alex grogna et continua de monter l'escalier à reculons. Il supportait le plus gros du poids, puisqu'il tenait Max par les aisselles. Il franchit le seuil de l'appartement en prenant garde de ne pas « abîmer » sa charge.

— Vous voulez faire une pause avant d'atteindre la chambre ? proposa-t-il aux jeunes filles.

Liz et Isabel échangèrent un regard.

— Non, ça ira, répondit Liz.

Sa respiration était un peu haletante, mais elle ne voulait pas poser Max sur le sol comme un vulgaire paquet de linge sale. Dès qu'ils furent entrés, elle referma la porte d'un coup de pied. Puis ils reprirent leur chemin, direction la chambre à coucher.

Quand ils posèrent enfin Max sur le lit, elle avait mal aux bras, mais répugnait toujours à le lâcher.

— Nous continuerons à chercher les Pierres de Minuit demain, dit Isabel, au cas où la conscience collective serait à l'écoute.

Elle écarta les mèches tombées sur le front de son frère et le dévisagea longuement.

— Si tu as besoin de quoi que ce soit, nous serons dans la cuisine, ajouta-t-elle. D'accord, Max ?

— Je voudrais rester… un petit moment…, dit Liz.

Elle rajusta son sac à dos, sentant brinquebaler l'objet qu'elle avait apporté.

— Laisse la porte entrouverte, recommanda Alex. Et ne t'approche pas trop de lui, d'accord ?

Liz acquiesça, mais elle n'avait aucune intention de suivre les instructions de son ami. Dès qu'Isabel et lui furent dans la cuisine, elle poussa la porte autant qu'elle osa – un des deux viendrait vérifier que tout se passait bien si elle la fermait tout à fait. Puis elle s'assit à côté de Max.

— J'ai lu ce livre sur le coma... Même si ça ne te concerne pas, je me suis dit que certaines techniques employées pour ramener les comateux à la conscience pouvaient fonctionner sur toi.

Elle fit glisser son sac à dos de ses épaules et l'ouvrit sans quitter Max des yeux.

— Le principal, c'est de stimuler les sens. Les méthodes vont de la musique à la douleur délibérément infligée. Mais ne t'inquiète pas, je n'ai aucune intention de te faire mal.

Ai-je tout fichu par terre ? Ai-je laissé entrevoir mon plan à la conscience collective, lui donnant le temps nécessaire pour préparer sa défense ?

Trop tard pour revenir en arrière. Liz sortit un disque de son sac, l'inséra dans le lecteur de CD, sur la table de nuit, sélectionna le morceau et appuya sur « play ».

— Cette chanson te dit quelque chose ? demanda-t-elle. C'est celle qu'on jouait quand on nous a élus reine et roi du bal de la Promo. La première fois que nous avons dansé ensemble...

Le cœur serré, Liz se remémora ce qu'elle avait

éprouvé ce soir-là. Elle s'était sentie belle et aimée…

— Tu étais si surpris d'être élu que je te sentais pétrifié. Je n'étais pas sûre que tu pourrais danser. Mais tu as été parfait.

Liz se tut. Elle revoyait les guirlandes jaunes et brunes en papier crépon qui décoraient le gymnase ce fameux soir. La surprise avait arrondi les yeux brillants de Max quand elle lui avait implicitement demandé de l'embrasser – une réaction très vite remplacée par un enthousiasme évident.

Max revivait-il aussi des souvenirs heureux grâce à la chanson ? Ou la conscience collective contrôlait-elle son cerveau au point de l'en empêcher ? Le visage du jeune homme ne lui fournissait aucun indice. Son expression restait la même. Ou plutôt, son manque d'expression…

— Essayons autre chose, dit Liz quand le morceau fut fini.

Elle éteignit le lecteur de CD et sortit de son sac une bouteille de ketchup. L'odeur la ramenait toujours à une des expériences les plus intenses de sa vie. Max devait éprouver les mêmes émotions…

— Ça valait bien une balle dans le ventre…, murmura-t-elle en retournant la main de Max, paume vers le haut, pour lui ouvrir les doigts.

Elle la serra plus longtemps que nécessaire. Quand elle l'eut lâchée, elle plaça la bouteille à l'aplomb et attendit qu'une goutte de ketchup tombe.

— Allez ! siffla-t-elle entre ses dents.

Elle donna une tape sur le côté de la bouteille. Puis elle se rappela le « truc » que lui avait appris sa mère, trouva le 57 en relief sur le flacon en verre et flanqua un autre coup, plus fort, sur le chiffre. Une giclée de sauce tomba dans la paume ouverte de Max.

— Tu te souviens, Max ? Tu avais cassé une bouteille de ketchup et étalé la sauce sur mon ventre pour couvrir le sang. C'était le jour où tu m'as guérie. Où tu m'as sauvé la vie…

Max restait impassible. Liz trempa son index dans la sauce et le lui passa sous le nez.

— Te souviens-tu de ce jour ? Celui où tout a changé ? Où tu as tout risqué pour me sauver ?

Ça ne marche pas. Je dois trouver autre chose…

Liz essuya leurs doigts à tous les deux puis fouilla dans son sac à dos. Elle avait vraiment cru que lui faire sentir du ketchup serait une bonne idée… L'odeur la ramenait automatiquement à cet instant horrible *et* merveilleux… Elle avait pensé que Max aussi y serait sensible…

— Peut-être que ça, ce sera plus efficace !

Liz sortit une robe vert foncé coupée dans un matériau soyeux et garnie de dentelle et caressa la joue de Max avec.

— C'est la robe que je portais le soir où je t'ai dit pour la première fois que je t'aimais. T'en souviens-tu ?

Elle frotta le tissu contre sa peau. Trop fort. La dentelle y laissa de minuscules écorchures.

— Oh, désolée…

Liz embrassa le bout de ses doigts, puis les posa sur les petites plaies.

— Je suis désolée…

Elle se pencha pour embrasser Max sur la joue.

Ce mouvement fit tomber le sac qu'elle avait posé à côté d'elle. En rassemblant les objets susceptibles de ramener Max parmi eux, elle avait oublié une chose essentielle, une sensation à nulle autre pareille. Pour elle, ce qui caractérisait le plus leur relation, c'étaient leurs baisers.

Liz savait que la conscience collective sentait peut-être tout ce qu'elle faisait à Max alors qu'il pouvait en être inconscient. Mais elle refusa de penser à cette éventualité.

— Je t'aime, Max !

Elle se pencha de nouveau et l'embrassa avec toute la passion que *Max* avait éveillée en elle.

Ses lèvres étaient aussi froides et inertes que celles d'un mort.

Je t'aime. Ne le sens-tu pas ? Te rappelles-tu nos baisers ? T'en souviens-tu ?

Une main se glissa dans ses cheveux. Une autre se posa au creux de ses reins, l'attirant plus près, encore et toujours plus près… Sans interrompre son baiser, Liz ouvrit les yeux… et croisa le regard brillant de Max – brillant, vivant, et plein d'amour.

Elle s'écarta juste assez pour pouvoir parler.

— Max ! C'est toi ! Et tu vas bien !

— Peut-être Alex savait-il de quoi il parlait quand il m'a comparé à Blanche Neige… Tout ce qu'il fallait pour me réveiller, c'était que la bonne personne m'embrasse.

— Tu as entendu ça ? s'écria Liz.

Elle l'embrassa encore, sans lui laisser le temps de répondre. Comme une affamée, elle avait faim de lui. Elle mourait d'envie de l'absorber, de fusionner avec lui…

— Oui, j'ai entendu, confirma Max, le souffle court, quand elle le laissa parler. Tout ce que vous avez dit quand vous étiez près de moi. Mais j'ai cessé d'essayer de me frayer un chemin jusqu'à la surface… J'avais été entraîné trop profondément. Lutter devenait impossible. Quand je t'ai sentie m'embrasser, j'ai juste…

« Liz, il y a tant de choses que je voudrais pouvoir te dire – que j'ai *besoin* de te dire. Au sujet d'Adam, pour commencer. Et tu avais raison depuis le début sur la conscience collective. Mais je ne peux pas arrêter de…

Il se tut et embrassa fougueusement Liz.

Elle enroula une jambe autour de celle de Max, puis glissa les mains sous sa chemise, pour toucher sa peau.

Plus près…

Elle voulait le sentir plus près d'elle encore.

— Max ! haleta-t-elle, ses lèvres effleurant les siennes.

Soudain, la bouche du jeune homme redevint molle. Sa tête s'écrasa sur l'épaule de Liz, comme si les muscles qui la tenaient avaient été coupés.

— Max ! cria-t-elle. *Max !*

Le corps de son compagnon la clouait au matelas. Il était si lourd qu'elle suffoquait.

— *Max !*

Soudain, libérée, elle s'assit, hébétée. Alex et Isabel tirèrent le corps de Max de l'autre côté du lit.

— Que s'est-il passé ? demanda Alex. T'a-t-il attaqué ?

— Non, souffla Liz en se levant. Ce n'est pas...

Elle porta sa main droite à ses lèvres, qui gardaient encore la chaleur du baiser.

— Il m'a embrassé.

CHAPITRE X

N'envisage même pas de lui demander la signification exacte de son : « J'y pense », s'ordonna Maria.

Pas question non plus de lui demander s'il compte rester ou non…

Maria regardait la route défiler devant elle – la nationale d'Albuquerque – sans accorder un regard à son compagnon. Ces questions lui brûlaient les lèvres, prêtes à jaillir au moindre signe de faiblesse.

Non, non, non… ! Te rappelles-tu le dernier ultimatum que tu as adressé à Michael – Isabel ou moi ? Te souviens-tu du numéro de fille minable que tu as joué ? Et combien tu as détesté ce que tu as entendu ?

Tu pensais vraiment te sentir mieux en lui arrachant une réponse claire et nette. Tu avais tort ! Alors, apprends de tes erreurs. Même les rats de laboratoires le font !

Garde la bouche fermée.

Maria serra les mâchoires et croisa les jambes.

Puis les bras. Elle se raidit de la tête aux pieds, mobilisant son énergie pour garder le silence.

— Veux-tu qu'on s'arrête ? demanda Michael sans la regarder. Je crois qu'il y a une station-service à deux ou trois kilomètres.

— Mouais, répondit Maria en secouant la tête.

Elle n'osait pas desserrer les lèvres, c'était trop dangereux.

— Tu en es sûre ?

— Je ne suis plus un bébé ! Je sais quand même si j'ai envie de faire pipi !

Elle referma la bouche… et se mordit la langue.

Ne recommence pas !

En annonçant qu'elle n'était plus un bébé, elle avait éprouvé une pression irrésistible, comme celle de l'eau derrière un barrage. Si elle ne s'était pas ravisée, un flot de paroles aurait jailli de sa bouche. Et ça n'aurait pas été beau à voir.

Maria roula en boule sa veste en jean, la cala contre la vitre et y appuya la tête, s'en servant comme d'un oreiller. Elle ne dormirait pas. Inutile de se leurrer. Mais feindre de s'assoupir l'aiderait sûrement à se taire.

Elle se concentra sur sa respiration, veillant à ce qu'elle soit lente et régulière. Le meilleur moyen pour que son compagnon la croie vraiment dans les bras de Morphée. Mais pour une raison étrange, plus elle respirait lentement et posément, plus son cœur cognait douloureusement contre ses côtes… On eût dit qu'il essayait de s'échapper pour prononcer à sa place les mots qu'elle refusait de dire…

Michael, par tout ce qu'il y a de sacré, que signifie : « J'y pense » ? As-tu décidé de partir ? Vas-tu rester ? Et qu'en est-il de moi ?

— Nous y sommes ! annonça le conducteur.

Maria se « réveilla » quand la Cadillac fut à l'arrêt. Elle ouvrit la portière, descendit aussi vite qu'elle put et se précipita vers l'entrée principale de l'Institut Bradley.

Elle courut jusqu'au bureau d'accueil.

— Je… nous sommes… ici pour voir Kyle Valenti ! haleta-t-elle.

Elle devait oublier que Michael irait bientôt vivre dans une autre galaxie… !

— Comme c'est gentil, répondit l'infirmière avec un grand sourire. Kyle n'a pas beaucoup de visiteurs. Sa tante est venue le voir une fois. C'est tout.

Elle tendit un registre à Maria.

— Signez ici.

La jeune fille s'exécuta, puis s'écarta du guichet, laissant Michael signer aussi. Elle aperçut ses mains alors qu'il prenait le stylo bille et se maudit d'avoir laissé traîner son regard… Voir ses doigts lui faisait penser à des tas de choses qu'elle aurait préféré éviter… Comme à ce qu'elle ressentait quand ses mains se glissaient dans ses cheveux. Ou lui caressaient le dos…

Il ne lui avait plus fait connaître ce vertige amoureux depuis longtemps…

— Vous n'aurez aucun mal à trouver Kyle, dit

l'infirmière. Il est dans la salle commune. C'est la deuxième, sur votre gauche.

Michael resta derrière Maria, ce qui ne lui ressemblait pas. Apparemment, il n'avait pas envie de parler non plus. Mais pourquoi ? *Elle* ne songeait pas à l'abandonner !

— La deuxième porte à gauche, lui rappela Michael.

— Je sais. J'ai entendu.

Maria tourna les talons et longea le couloir jusqu'à la porte indiquée. Michael l'ouvrit pour elle, comme si elle était invalide. Ravalant un commentaire acerbe, Maria entra et repéra aussitôt Kyle Valenti dans la salle. Assis avec deux vieillards sur un canapé fatigué, il regardait la télévision.

— Kyle… ! lança Maria, sa voix paraissant étrangement forte dans la pièce immense.

Le jeune homme leva la tête, sans paraître excité à l'idée d'avoir des visiteurs. Il se leva et vint à leur rencontre.

— Quoi ? demanda-t-il sans préambule.

— Comment vas-tu ? souffla Maria.

Si au moins elle avait pensé à lui apporter des bonbons ou des chocolats… Kyle ne comptait pas parmi ses camarades de lycée préférés, mais personne n'aurait dû végéter dans un endroit pareil. C'était propre et bien tenu, le personnel semblait aimable, mais… Le décor fichait le cafard ! Et l'odeur de nettoyant au pin n'arrangeait rien.

Quelle déprime !

— Vous n'êtes pas venus jusqu'ici pour me

demander comment je vais, répondit Kyle d'une voix atone.

Les bras croisés, il jeta un regard noir à Maria, qui dut faire un effort pour ne pas reculer.

— Le meurtrier de ton père est mort, dit Michael.

Une étincelle d'émotion – de la douleur, de la colère ou de la tristesse – passa dans les prunelles de Kyle. Mais il se reprit très vite. Lèvres pincées, il redevint impassible.

— Vous n'êtes pas non plus venus m'annoncer ça. Vous voulez quelque chose.

— Tu as raison, répondit Michael. Je n'essayerai pas de te faire gober des mensonges. Nous avons besoin de l'appareil… celui que tu as utilisé contre la Pierre de Minuit, le jour où nous avons récupéré Kevin chez toi.

— Oh, bien sûr. Je l'ai dans ma poche !

— C'est important ! insista Maria. Une question de vie ou de mort.

— Avant de me faire enfermer chez les dingues, Liz aurait dû se demander : *« Aurons-nous un jour besoin de Kyle ? »*.

— Liz n'a jamais…

— Oh, si ! coupa Kyle. J'ai été expédié à l'asile le jour où Liz a confié aux journalistes que je n'étais plus moi-même depuis la disparition de mon père ! Une coïncidence ? Désolé, je n'y crois pas.

— Que veux-tu, Valenti ? demanda Michael. De l'argent ?

— Ouais ! On a un centre commercial du tonnerre, ici !

— Alors, quoi ?

Maria vit Michael serrer les poings. Elle lui prit le bras, le suppliant en silence de ne pas perdre son sang-froid... Si elle avait moins redouté qu'il se fâche, elle aurait eu beaucoup de mal à rester insensible au contact de sa peau.

— Oh, zut ! On dirait qu'il est l'heure de mes médicaments...

Kyle désigna l'infirmière qui venait d'entrer avec un plateau de gobelets en papier. Elle passait d'un malade à l'autre.

— Veuillez m'excuser.

Il leur tourna le dos et s'éloigna.

Maria et Michael le regardèrent partir, impuissants.

— Nous n'aurions jamais dû envoyer Michael et Maria soutirer des informations à Kyle, dit Isabel à Trevor.

Elle s'assit au bord du lit et repoussa une mèche de cheveux blonds derrière son oreille gauche.

— Aucun n'a de doigté.

— Mais toi, oui ? fit Trevor.

Isabel rougit. Elle aimait qu'il la taquine. Or, ce n'était vraiment pas dans son caractère. Voilà qui faisait de Trevor quelqu'un de très spécial à ses yeux...

Elle prit l'air hautain.

— Tu n'as pas intérêt à en douter ! Je *dégouline* de doigté.

— Ooh. Comme c'est charmant…

Isabel rit, s'allongea et s'étira sur sa couette.

— Donne-moi quelques minutes dans l'orbe de rêve de Kyle et j'obtiendrai l'emplacement exact de sa cachette. Alors, nous serons près de ramener Max…

Trevor se leva de sa chaise.

— Dois-je sortir ? demanda-t-il.

Soudain, il semblait timide comme un petit garçon… Adorable !

— Non, tu peux rester.

Consciente qu'il ne la quittait pas des yeux – et trouvant cela plutôt agréable – elle tourna la tête. Ses cheveux blonds lui firent comme une auréole sur son oreiller.

La vue te plaît, Trevor ?

Elle commença à bander ses muscles et à les relâcher, à tour de rôle, des orteils à la nuque, et inversement. Tendus. Relâchés. Tendus. Relâchés… Les orbes arrivèrent en tourbillonnant. Le plan des rêves lui apparut dans toute sa splendeur.

C'est si beau !

Isabel soupira de plaisir. Il y avait si longtemps que la beauté n'avait plus de place dans sa vie. Et elle s'inquiétait tant pour Max…

Mais elle sentait – viscéralement – que leur dernier plan – en date – serait couronné de succès. Liz l'avait prouvé : Max pouvait encore réagir. La conscience collective ne le contrôlait pas en permanence. Avec l'appareil mis au point par l'organisation Projet Table Rase, elle était certaine que son frère réussirait à les aider.

Et à se libérer.

Un orbe de rêve effleura la joue d'Isabel. Elle le reconnut aussitôt : c'était celui de Tish Okabe, une de ses meilleures amies – hors du cercle très fermé de ceux qui connaissaient son secret.

Isabel admira les tourbillons de couleurs qui se formaient à sa surface, puis elle fredonna pour attirer à elle l'orbe de Kyle Valenti.

Il plongea vers elle à la vitesse d'un boulet de canon et s'arrêta entre ses mains écartées.

— Impatient, Kyle ? murmura Isabel.

Elle écarta lentement les bras, incitant l'orbe à s'élargir. Il fut bientôt assez grand pour qu'elle puisse y entrer. Avant, elle y jeta un coup d'œil.

Elle eut pitié du dormeur. Il rêvait de l'institut où on l'avait placé. Le pauvre ne s'en évadait pas, même la nuit…

— Tu vas adorer ce rêve, mon vieux…

En un clin d'œil, elle se retrouva vêtue d'une blouse d'infirmière très courte et très moulante.

— Parfait…

Satisfaite, elle entra dans l'orbe de rêve de Kyle.

— Il est l'heure de ton massage ! annonça-t-elle avec entrain en se dirigeant vers l'unique lit de la chambre. Si tu veux bien t'asseoir…

Kyle obéit sans se faire prier. Isabel s'assit à côté de lui. Elle s'accorda le luxe de transformer la literie de coton en draps de satin délicatement parfumés. Puis elle massa les épaules du jeune prisonnier, se penchant assez pour que sa poitrine frôle presque la sienne.

Presque.

— J'aurai quelques questions à te poser. C'est pour ton dossier, dit-elle d'une voix suave. Peux-tu me décrire un de tes fantasmes ?

— Celui-ci arrive en tête de liste…, murmura-t-il d'une voix rauque.

— C'est très intéressant.

En rêve, les gens étaient prêts à gober tout et son contraire… Elle n'avait pas changé de visage. Pourtant, Kyle ne trouvait pas étrange qu'Isabel Evans joue soudain le rôle de son infirmière…

— Quelle est ta couleur préférée ? Je serais curieuse de le savoir.

Les mains d'Isabel descendirent dans le dos du jeune homme.

— Le bleu. Comme tes yeux !

— Eh bien…

Elle fit courir ses doigts un peu plus bas ; Kyle lâcha un petit cri.

— Et où est l'appareil avec lequel tu as neutralisé la Pierre de Minuit ?

— Dans les toilettes des hommes, près de la cafétéria, répondit Kyle, qui ronronnait presque. Une boîte en métal fixée derrière la chasse d'eau avec du ruban adhésif. Dernier box…

— Bon garçon… (Isabel lui tapota la tête.) Tu sortiras très vite d'ici. Un conseil : cesse de répéter que tu as vu des extraterrestres. Sinon, personne ne te prendra au sérieux.

Elle sortit.

De l'orbe *et* du plan des rêves.

— Du *doigté*, c'est tout ce qu'il fallait ! jubila-t-elle en rouvrant les yeux. Kyle a caché l'appareil au lycée. Nous irons le chercher demain matin.

Trevor se leva.

— Bon travail.

Il recula de deux pas en direction de la porte, puis en refit un en avant.

— Il est temps de prendre nos deux heures de sommeil. Je devrais sans doute me métamorphoser en Max et retourner dans ma chambre…

Il fit un autre pas en avant.

— C'est ce que tu devrais faire…

Elle adorait le taquiner.

Trevor avait l'air d'un chevreuil pris dans les phares d'une voiture.

— Euh, j'ai parlé avec Michael… Si nous anéantissons la conscience collective, il rentrera avec moi sur notre planète.

Isabel eut l'impression d'avoir reçu un coup de poignard. Trevor ne lui laissa pas une minute pour digérer la nouvelle.

— Je veux que tu viennes avec nous !

Il combla la distance qui les séparait et l'embrassa. Toute sa maladresse disparut quand ses lèvres touchèrent celles d'Isabel.

Ce devait être le premier baiser qu'il donnait sous sa forme humaine.

Pourtant, il sait s'y prendre, c'est indéniable !

Isabel cessa de penser, fascinée par les sensations qu'il faisait naître en elle. Elle sentait sa langue contre la sienne, sa main lui caresser la nuque, la chaleur de son corps alors qu'il l'attirait plus près.

— Ouah…, souffla-t-elle quand il s'écarta.

Elle n'était pas le genre de fille à crier *ouah !* après un baiser. Mais son cœur battait la chamade, comme si elle avait couru un marathon.

— Tu rentrerais avec moi ? demanda Trevor. C'est envisageable ?

Isabel lissa d'une main les cheveux qui lui encadraient le visage, histoire de laisser le temps à son cerveau de refonctionner.

— Je… ne peux pas te répondre avant de savoir comment ira Max. Quand nous l'aurons libéré, il ne sera peut-être pas en grande forme…

Trevor se leva et plongea son regard dans le sien. Il semblait *très* sérieux.

— Iz, sois prête… Je ne pense pas… Nous devons envisager la possibilité que Max n'en sorte pas vivant.

Un autre coup de poignard !

— Je suis très fatiguée ! Nous en reparlerons demain matin. Rappelle-toi, nous devrons aller au lycée plus tôt que d'habitude pour récupérer l'appareil.

Désireuse que Trevor sorte, elle avança vers la porte, le forçant à reculer. Tant qu'il resterait dans la chambre, ses paroles seraient suspendues au-dessus de sa tête comme l'épée de Damoclès.

— Isabel, je…

— Laisse-moi !

Devant son air blessé, elle se força à sourire.

— S'il te plaît, je suis vraiment fatiguée.

Elle ne pleura pas avant qu'il n'ait refermé la porte derrière lui.

— J'ai séché les cours de Max pour mettre le minuteur au point, annonça Trevor à ses amis.

Michael se pencha par-dessus la table de la cuisine et étudia le disque argenté que tenait son frère.

— Quand sera-t-il prêt à partir ? demanda-t-il.

— Dans très peu de temps, répondit Trevor. Isabel m'aidera à lui fabriquer une gaine protectrice et à l'équiper d'une commande à distance. Comme ça, nous le téléguiderons sur une partie du trajet à travers le vortex. Nous devrions avoir fini dans la soirée.

— Donc, nous passerons à l'action demain matin, dit Michael, croisant tour à tour le regard d'Isabel, de Trevor, de Liz et d'Alex.

Il évita soigneusement celui de Maria, car il en était au point où voir son visage lui faisait mal.

— Que pouvons-nous faire ? demanda Alex.

— Rien, répondit Trevor. Pas besoin d'être plus de deux pour fabriquer le minuteur et ajouter à ce disque une télécommande à distance. Et, il n'y a rien d'autre à faire.

— A part survivre à cette nuit, dit Liz. L'attente me rendra folle !

Survivre à cette nuit…, pensa Michael.

Comment réaliser l'impossible ? Il était presque certain que ce serait sa dernière nuit sur Terre. Il ne pouvait pas la passer à regarder la télévision !

Ses yeux se posèrent sur Maria. Elle était pâle… et très belle. L'estomac noué, il se détourna.

— Je suis… Je sors. Restez ici aussi longtemps que vous voudrez.

Il partit en claquant la porte, puis dévala l'escalier. Dès que ses pieds touchèrent l'asphalte du parking, il courut et força l'allure jusqu'à la boutique où on vendait ses beignets préférés.

C'est le genre de choses à faire au cours d'une ultime soirée sur Terre ! décida-t-il en entrant.

Il inspira à pleins poumons l'air saturé d'huile et de sucre. Il ne partirait pas sans avoir dégusté une dernière fois ces pâtisseries moelleuses.

Il commanda une dizaine de beignets tout frais, s'assit à sa table habituelle et sortit de sa poche une pleine poignée de sachets de Tabasco. Dès qu'il eut assaisonné un beignet à sa convenance, il mordit dedans à belles dents.

Il n'avait pas plus de goût que du sable… Il versa dessus plus de sauce piquante, avant d'en reprendre une bouchée…

Une fois encore, il eut l'impression de goûter du sable.

Michael finit son beignet et en mangea deux autres, feignant de les trouver bons. Puis il renonça.

Et maintenant ?

Avait-il envie d'une ultime virée au centre commercial ? D'aller manger une dernière part de pizza au *Flying Pepperoni* ? De se recueillir une dernière fois sur la tombe d'Adam, pour lui annoncer son départ ?

Il prit un beignet qu'il n'avait plus l'intention de manger et l'émietta entre ses doigts.

Il savait où il voulait passer son ultime soirée sur Terre. Plus que tout au monde, il désirait s'enfermer dans la chambre de Maria, pour… n'importe quelle activité. Voir de mauvais films d'horreur. N'importe quoi… pourvu que Maria soit avec lui.

Mais ça n'arrivera pas. Tu ne peux pas lui infliger ça. Pour une fois, sois honnête avec toi-même : il est probable que ça te tuerait…

CHAPITRE XI

Isabel faisait nerveusement tourner un club entre ses doigts en scrutant le parking du *Mini Golf du Trou Noir*.

Elle sourit en apercevant la voiture d'Alex et se précipita dès qu'il eut trouvé une place.

Elle n'était pas le genre de fille à se ruer à la rencontre des garçons – même quand elle en avait envie. Mais elle n'avait aucune raison de jouer à ce jeu-là avec Alex.

— Je t'ai pris un club, annonça-t-elle avant qu'il n'ait eu le temps de descendre du véhicule.

— Merci.

Alex prit le club qu'elle lui tendait et secoua la tête, amusé.

— Quoi ? demanda Isabel en souriant.

La gaieté d'Alex était contagieuse.

— Oh, je repensais à la première fois où nous sommes venus ici. Mon cerveau ressemblait à un hamster qui galope dans sa roue… Je n'arrêtais pas de me poser des questions. Considérais-tu cette soirée comme une rencontre amicale ou comme un vrai rendez-vous… ? Avais-tu envie que je te touche ?

— Je parie que tu as failli avoir une crise cardiaque quand je t'ai embrassé, dit Isabel en lui enfonçant le bout de son club dans les côtes. Tu te rappelles ? C'était là-bas…

Alex lui prit la main et l'entraîna au milieu du parking.

— C'était ici, confirma-t-il en désignant une croix dessinée à la peinture sur le sol. C'est moi qui l'ai peinte…

Venant d'un autre que lui, une telle extravagance aurait pu sembler suspecte. Mais c'était Alex… Elle ne fut pas surprise.

— Je n'arrive pas à croire qu'il s'est passé tant de choses depuis… Tout a tellement changé…

La jeune fille s'accroupit, passant les doigts sur le *X*.

— Oui…, fit Alex. Comme dirait le père de Liz, quel long et surprenant voyage… Alors, quand vas-tu te décider à me parler ? A m'expliquer pourquoi tu m'as fait venir ici ? Autant te l'avouer tout de suite, je n'ai pas cru une seconde à une « envie irrésistible de jouer au golf miniature ».

— Trevor n'avait pas besoin de moi pour le minuteur et le reste, dit Isabel. Comme j'avais très envie de sortir…

Elle se tut, cramoisie.

— Bon, tu as gagné. Il faut que je te parle !

— Le révérend Manes t'écoute, dit Alex.

Il l'emmena devant le premier trou.

Isabel plaça sa balle sur la moquette synthétique, se redressa et frappa sans viser un des cratères lunaires.

— Voilà… Quand nous aurons anéanti la conscience collective… Michael retournera sur notre planète d'origine avec Trevor. Michael ne m'a rien dit, tu t'en doutes. C'est Trevor qui a vendu la mèche. Son frère agit comme s'il changeait encore de foyer d'accueil : il n'en parle à personne.

Alex frappa sa balle. Lui non plus ne se donna pas la peine de viser un cratère lunaire.

— C'est… énorme.

— Et ce n'est pas tout !

Isabel avait besoin de tout dire malgré ses paumes moites et son cœur qui battait la chamade.

— Trevor m'a demandé de les accompagner… Que faire ? Je n'en ai pas la moindre idée ! J'ai cru devenir dingue à force de ressasser tout ça… Puis j'ai compris que j'avais besoin d'en parler avec un ami…

Elle secoua la tête.

— Non. J'ai besoin d'en parler à *toi*, Alex. Je sais que tu m'aideras à y voir clair.

— Eh, vous jouez au golf ou quoi ? cria un gamin derrière eux.

— Dis donc, le braillard ! grogna Alex. Le golf miniature est un jeu sérieux, pour des gens sérieux. Tu respectes ça, ou tu dégages !

Il prit sa partenaire par la main et l'entraîna avec lui, prenant juste le temps de ramasser leurs balles et de les jeter dans un cratère lunaire. Ressorties de l'autre côté, elles roulèrent dans la timbale en métal prévue à cet effet.

— Et voilà, en deux coups. Note-le sur la fiche, Isabel !

Il la conduisit vers un banc, à côté d'un vaisseau spatial rose fluo.

— Alors, qu'en penses-tu ? ajouta-t-il.

— Je pense…

Isabel haussa les épaules. Un aveu d'impuissance qui ne lui ressemblait pas.

— Je ne sais pas !

— Ecoute, je ne dis pas que tu devrais les accompagner, mais ce serait comme vivre dans l'univers de *Star Wars*… J'ai toujours rêvé d'en être !

— Parce que tout le monde a les cheveux longs et un bikini doré ?

— Pas *tout le monde* ! cria Alex, l'air horrifié. Seulement les femmes.

Il fit signe à la bande de gamins.

— Nous débattons de la stratégie à adopter pour le prochain trou. Vous pouvez passer…

Il se tourna de nouveau vers Isabel.

— C'est un des attraits qui rendent l'univers de *Star Wars* si fascinant. Je me suis toujours dit que prendre part à une bataille de cette importance serait cool !

— Donc, tu veux sauver l'univers en étant entouré de filles en bikinis dorés, résuma Isabel.

— Exactement ! Je me suis souvent demandé si mon existence avait un sens. Et je rêvais tout éveillé d'avoir une chance d'accomplir quelque chose –

attention, réflexion stupide à suivre... – d'héroïque. Comme Yan Solo ! Alors, quand j'ai découvert la vérité au sujet de vos origines, je me suis dit que c'était peut-être ça, la chance que j'attendais.

« Et j'avais raison. Parfois, je me demande ce que ça sera de retourner à des préoccupations habituelles, genre flipper parce que j'ai des boutons dans le dos...

— Ou parce que je dois trouver le parfait accessoire dans les magasins..., renchérit Isabel. Aider mes semblables libérés du joug de la conscience collective à reconstruire leur vie... Trouverais-je plus noble cause à laquelle me consacrer ?

D'habitude, elle ne réfléchissait pas aux « nobles causes ». Ça lui avait toujours semblé une perte de temps. C'était pourtant de ça qu'il s'agissait aujourd'hui. Elle avait la chance de participer à un projet colossal : la reconstruction d'une planète tout entière. *Sa* planète.

— C'est le bon côté des choses. Mais il y en a un mauvais, non ? demanda Alex.

— Mes parents seraient désespérés. Pour eux, ce serait comme si je disparaissais sans laisser de trace. Ils passeraient le reste de leur existence à me chercher, se demandant si je suis encore en vie... Pour Michael, c'est différent. Tous ceux qui se soucient de lui savent la vérité. Ils se douteront de ce qui lui est arrivé. Et il sera avec son frère.

— Si tu partais, tu serais avec Michael, souligna Alex. Et avec Trevor. J'ai cru comprendre qu'il se passait quelque chose entre toi et lui.

— Peut-être… Mais je n'irai pas vivre sur une autre planète sous prétexte qu'un garçon embrasse bien.

Bien sûr, il y avait plus qu'un baiser sensationnel entre Trevor et elle. Ils ne se connaissaient pas depuis longtemps, mais ils se sentaient si bien ensemble…

— Les militantes du MLF seraient heureuses de t'entendre dire ça.

Isabel tendit une main ; prenant le menton d'Alex entre le pouce et l'index, elle le força à croiser son regard.

— Ça ne te dérange pas que je parle de Trevor ?

Alex soutint son regard sans ciller.

— Non. J'ai eu un… *pincement*… au cœur, répondit-il en haussant négligemment les épaules. Un accès de jalousie typiquement masculin. Nous sommes amis, Isabel. Et – attention, seconde alerte à la réflexion stupide – je t'aime… comme une amie. Je veux que tu aies tout ce qu'il y a de meilleur. Ça inclut Trevor, si c'est ce qui peut te rendre heureuse.

— Moi aussi, je t'aime. Et ça n'a rien de stupide. Dieu, tu me manqueras tellement si je décide de partir ! Et pas seulement toi… Maria et Liz aussi ! Je ne pourrai pas vous appeler pour entendre votre voix. Ni envoyer une carte à mes parents à Noël…

— Quand dois-tu partir, si tu te décides ? demanda Alex. A quel moment Michael et Trevor veulent-ils quitter la Terre ?

— Ils utiliseront le vortex que nous ouvrirons pour expédier l'appareil sur notre monde d'origine.

— Demain, donc.

Alex sembla sonné.

Isabel savait ce qu'il ressentait. Comment pouvait-elle prendre en moins d'une journée une décision qui affecterait le reste de sa vie ?

— J'ai dit à Trevor que je voulais voir comment Max sortirait de cette aventure, ajouta Isabel. S'il a besoin de moi, je resterai. Et je ne reviendrai pas là-dessus.

— Mais s'il va bien...

Alex ne termina pas sa phrase.

— Il se pourrait que j'accepte de les suivre.

Stop ! s'ordonna Maria. *On s'arrête avant qu'il ne soit trop tard !*

Mais ses pieds continuèrent d'avancer. Ils l'emportaient vers le Musée de l'OVNI, alors qu'elle l'avait quitté quelques heures plus tôt.

— Demi-tour ! implora Maria.

Désespérée, elle se fichait éperdument qu'on la voie parler à ses pieds.

Bien sûr, ils ne lui obéirent pas. Ils continuèrent à marcher en direction du musée.

De Michael.

Ses pieds lui firent traverser le parking du Musée de l'OVNI et gravir l'escalier extérieur. Puis sa main prouva qu'elle aussi était dotée d'une volonté propre : elle ouvrit la porte sans prendre la peine de frapper...

Ce n'est pas parce que je suis là que je dois dire ce que je n'ai pas envie de dire. Je peux mentir, prétendre avoir oublié ma veste dans la cuisine... Ensuite, je m'en irai.

Si mes pieds me le permettent...

Michael sortit de la cuisine et la toisa comme si elle était la dernière personne sur Terre qu'il eût voulu revoir.

— Je me disais bien que j'avais entendu quelqu'un entrer...

Les pieds de Maria marchèrent, s'arrêtant quand elle fut à quelques centimètres de lui. Il fit un pas en arrière. Les pieds avancèrent d'autant...

Bon, il est temps de lui demander s'il n'a pas vu ta veste...

— Michael, donne-moi ta définition exacte de l'expression « J'y pense » ! dit Maria d'une voix qui lui sembla étrangement forte.

Un vrai défi.

Oh, Dieu, ses cordes vocales aussi étaient possédées... !

— Quoi ?

— Ne joue pas au plus fin avec moi, Michael ! Nous savons tous les deux de quoi je parle. Alors, as-tu décidé de partir ou de rester ? Je veux le savoir. Ici. Et *tout de suite !*

Je n'avais pas l'intention de dire ça, gémit-elle intérieurement.

Comme il fallait s'y attendre, Michael passa en mode « buté », sans trahir ce qu'il pensait.

— Ecoute, je ne te demande pas l'impossible.

Tout ce que je veux, c'est une information. Et si tu as décidé de partir, il me faut des adieux. Tu me dois bien ça !

Elle ignorait qui parlait par sa bouche... Mais qui que ça puisse être, elle commençait à l'adorer... Michael lui devait effectivement des adieux dans les règles de l'art. Il ne pouvait pas disparaître de sa vie comme s'ils n'avaient jamais rien représenté l'un pour l'autre.

Il hésita.

Soudain, le pouvoir et la volonté qui soutenaient Maria l'abandonnèrent. Elle retrouva le contrôle de ses membres. Et de sa voix. Quoi que réponde Michael, elle allait devoir l'encaisser sans la force qui l'avait conduite jusque-là.

— Adieu.

Michael n'éprouvait pas la moindre émotion.

Ses yeux ne trahissaient ni colère ni tristesse.

Rien.

Quelque chose mourut en Maria.

— Adieu..., répéta-t-elle. C'est tout ?

— N'est-ce pas ce que tu voulais entendre ? A quoi t'attendais-tu ? Toute ma vie, j'ai cherché un moyen de retourner sur mon monde. Et la Rébellion... mes parents en faisaient partie.

Ses parents. Maria n'y avait pas pensé. Jadis, ils appartenaient à la Fraternité, tout comme son frère, aujourd'hui. La rejoindre était l'unique chance de Michael d'avoir une famille.

— Pourquoi ne m'en avais-tu jamais parlé ? Si tu tenais un peu à moi, tu serais venu...

Maria se tut. A quoi bon ? Elle était son amie. Une personne qui lui manquerait peut-être. Il penserait à elle de temps en temps. Mais elle ne lui était pas *vitale*.

Michael était son oxygène. Son eau. Sa nourriture.

Elle, elle était son *amie*. Existait-il un mot plus dérisoire que celui-là ?

— Maria, tu sais que je…

— A demain, coupa-t-elle.

Elle ne supporterait pas de le voir chercher quelque chose de *gentil* à lui dire.

Encore un mot dérisoire.

Elle tourna les talons, courut vers la porte, l'ouvrit, dévala les marches… trébucha, glissa et se tordit la cheville.

La douleur manqua la faire hurler. Immobilisée, les yeux fermés, elle attendit que ça passe. Puis elle se releva en s'accrochant à la rampe d'une main. Constatant qu'elle pouvait tenir debout sans hurler, elle continua de descendre en boitant.

Il aurait suffi d'appeler Michael à l'aide. Il aurait accouru, la guérissant en un clin d'œil. Mais pour ça, il aurait dû établir une connexion avec elle, accédant ainsi à ses pensées. Or, elle refusait de lui dévoiler son âme.

Elle n'était pas certaine d'y survivre.

— Tout le monde est solidement attaché ? demanda Trevor.

Michael et lui avaient accroché des harnais de

sécurité au mur du fond du Musée de l'OVNI. La puissance du vortex était telle qu'ils risquaient d'être aspirés.

Tous répondirent par l'affirmative. Sauf Liz.

— Je voudrais rester avec Max, dit-elle.

— Elle a raison, approuva Isabel.

— Je doute que nous puissions grand-chose pour lui, dit Trevor.

Il ne voulait pas que les deux jeunes filles se bercent d'illusions. Les chances de Max de survivre à l'anéantissement de la conscience collective étaient minces. *Très* minces. Mais Trevor ignorait ce qui arriverait vraiment aux êtres qui la composaient…

— Je ne crois pas que ma présence soit nécessaire ! insista Liz d'une voix vibrante de désespoir.

— C'est vrai, admit le jeune homme.

Leur plan fonctionnerait ou pas. Aucun d'eux ne contrôlait véritablement la situation.

Trevor le regrettait amèrement. C'était le jour *J*, celui où ses semblables seraient enfin libérés du joug de la conscience collective. Ils n'auraient plus à choisir entre l'absorption par ce monstre tentaculaire ou une vie de fugitif.

— Nous ouvrirons le vortex sous la cuisine, Liz, dit Michael. Si la force d'attraction devient une menace, couche-toi à plat ventre. Et reste baissée jusqu'à ce que tout soit fini.

— Eh bien… bonne chance…

Liz hésita, comme sur le point d'ajouter quelque chose. Mais elle se ravisa, tourna les talons et se dirigea vers l'escalier en colimaçon de l'appartement.

— A plus tard, pour la fête post-anéantissement ! cria Alex. N'oublie pas, tenue de gala exigée !

— Revoyons le plan une dernière fois, dit Michael. J'utiliserai une des Pierres de Minuit pour ouvrir le vortex. Trevor y expédiera l'appareil dérobé à Kyle. Quand il sera assez près de notre monde d'origine, Trevor l'actionnera.

— La télécommande nous dira si la Pierre de Minuit restée sur ma planète est opérationnelle ou si elle a été vidée, dit son frère. Dès que le voyant passera du vert au rouge, nous agirons.

— Autrement dit, Trevor et moi utiliserons nos Pierres pour envoyer toute la puissance disponible via le vortex. Jusqu'à ce que nous n'ayons plus de jus.

— Ensuite, l'attente..., dit Isabel.

— Et l'espoir, ajouta Maria.

L'espoir. C'était à peu près tout ce qui leur restait.

Michael sortit sa Pierre de Minuit. Trevor tenait le disque argenté d'une main et la télécommande de l'autre. Il tâta sa poche, vérifiant que sa Pierre de Minuit y était toujours. C'était plus fort que lui... Il savait qu'elle ne pouvait être nulle part ailleurs.

— Allons-y ! ordonna Michael.

Il leva la Pierre de Minuit, qui fut aussitôt auréolée d'un halo vert violet. Trevor dut vite détourner les yeux.

Le Musée de l'OVNI était plongé dans un silence presque irréel. Tous devaient retenir leur souffle.

Puis il y eut un léger bruit de succion. Un vortex était en train de s'ouvrir…

Trevor inspira à pleins poumons.

Ça y est, nous y sommes !

Il leva les yeux au plafond, cillant pour chasser de ses rétines les points verts et violets que la Pierre de Minuit y avait imprimés. Oui… Un cercle s'était formé. Il semblait onduler comme une surface liquide animée par des remous concentriques.

La partie de plafond devenue « molle » parut descendre, à l'instar d'une goutte géante. Le revêtement s'étira jusqu'à devenir presque transparent.

Trevor attendit qu'il le soit vraiment. Alors, la sueur lui coulant dans le dos et sur les flancs, il activa la télécommande pour guider le disque argenté vers le vortex.

Il fut aspiré trop vite pour que des yeux humains suivent le mouvement.

Trevor se tourna vers Michael.

Les deux frères entamèrent le compte à rebours.

— Un… Deux… Trois…

Quand ils furent à vingt, Trevor appuya sur le bouton d'activation du disque argenté. Puis il fixa le voyant.

Allez ! implora-t-il en silence. *Passe au rouge… !*

CHAPITRE XII

Michael sentait ses joues onduler à cause de l'aspiration terrible du vortex. Les attaches de son harnais lui mordaient le ventre et la poitrine.

— C'est toujours vert ? cria-t-il à son frère.

Trevor était à moins d'un mètre, mais le bruit de succion était tel qu'il noyait tout.

— Oui !

Malédiction !

N'aurait-il pas dû être passé au rouge ? Et si le disque n'était qu'un bout de ferraille, un objet sans utilité ni valeur ?

Bon sang, arrête ça !

Michael se força à se tourner vers son frère et lutta contre l'aspiration du vortex. Trevor ne quittait pas la télécommande des yeux. Michael ne pouvait pas voir le témoin lumineux, mais peu importait. Il lui suffisait d'observer son frère. Quand il vit du soulagement s'afficher sur ses traits expressifs, il sut qu'ils avaient réussi.

C'est parti !

Michael pointa sa Pierre de Minuit vers le vortex.

La lueur vert violet forma autour de lui un immense halo. On eut dit qu'il *devenait* cette lumière insoutenable, son corps canalisant l'énergie. Pour un peu, il aurait brillé dans le noir, ses veines métamorphosées en conducteurs et ses neurones en circuits.

— Michael, tout va bien ? cria Isabel. Réponds-moi !

Michael ? Ce nom lui était presque devenu étranger... Il n'avait plus de sens. Alors, comment répondre ? Son corps n'était pas plein de conducteurs... C'*était* un conducteur ! Son unique fonction consistait à canaliser vers le vortex le pouvoir de la Pierre de Minuit.

Il se sentait moins *et* plus vivant que jamais.

— Saurons-nous quand ça arrivera ? cria Alex.

Michael ne répondit pas. Connaissait-il seulement la réponse ? Une énergie incroyable s'engouffrait en lui, le submergeait... Ses jambes tremblèrent, puis ses bras, ses doigts... Ses paupières papillonnèrent. Ses cheveux se dressèrent sur sa tête. Son cœur battit follement, flanchant, puis repartant, flanchant encore...

Tenait-il toujours la Pierre de Minuit ? Il ne la sentait plus au creux de sa paume... Il ne sentait plus sa main. Il n'avait pas lâché la Pierre, sinon le pouvoir aurait cessé de couler en lui, n'est-ce pas ?

Michael voulut plier les doigts sur la Pierre de Minuit. S'il la lâchait maintenant, il flanquerait tout par terre... Ses mains lui avaient-elles obéi ? Le message était-il passé de son cerveau à ses phalanges ?

Comment le savoir ?

— Aidez-moi… *à la tenir* ! cria-t-il.

Certain que ses amis n'avaient pas pu l'entendre, il eut pourtant la surprise de sentir Isabel intervenir dans l'explosion d'énergie. Elle y ajouta un goût délicat. Presque imperceptible et néanmoins distinct.

— Alex, aide Trevor ! cria Isabel.

— Reçu cinq sur cinq ! cria Alex.

Il s'exécuta aussitôt.

Michael s'aperçut que la puissance de la Pierre avait légèrement faibli. La boule vert violet qui l'entourait avait perdu une fraction de sa luminosité. Il sentit ses os – qui ne semblaient pas avoir plus de consistance que de la gelée.

Le pouvoir de la Pierre de Minuit baisse !

Et la conscience collective n'était pas anéantie… Sinon, ils auraient senti l'impact – digne d'un cataclysme – via le vortex.

N'est-ce pas ?

La lumière vert violet faiblit encore. Michael vit de nouveau le vortex. Ils avaient pris soin de clouer au sol tout ce que contenait le musée. Pourtant une vitrine s'éleva dans les airs et plongea dans l'immense siphon. Un mobile représentant le système solaire suivit le même chemin, les planètes oscillant au bout de leurs fils.

Un bras tendu, Michael attrapa Trevor par le poignet. Redevenu maître de son corps, il devait toujours lutter contre l'aspiration. Une connexion s'établit instantanément entre les deux frères.

Il y sentit la présence d'Alex.

Et celle de Maria.

A peine audible, la musique de leur connexion retentit. Sans Liz et sans Max, il manquait quelque chose…

Et sans Adam…

Mais elle restait assez harmonieuse pour avoir sur Michael un impact positif. Il inspira à fond, laissant leurs senteurs mêlées envahir ses poumons.

Il eut un regain d'énergie.

Alex projeta l'image d'un coureur qui passe la ligne d'arrivée. Michael la lui renvoya, la propulsant avec toute l'énergie qu'il put mobiliser. Isabel fit de même. Puis Maria et Trevor.

Jusqu'à ce qu'un groupe de coureurs franchissent la ligne dans un bel ensemble…

Unis. Forts.

Victorieux…

— A trois ! cria Michael. Un ! Deux ! *Trois !*

Ils combinèrent le pouvoir de leur connexion à celui des Pierres. Une fraction de seconde plus tard, un milliard de voix hurlèrent à l'unisson.

Elles devinrent le sol sous les pieds de Michael. Le mur dans son dos…

Les voix devinrent *le monde*.

Michael ne reconnut pas un mot dans cette cacophonie.

Mais il capta les émotions de la multitude. La peur, la fureur, le soulagement et la joie…

— Elvis a tiré sa révérence ! dit une voix à son oreille.

Une voix pleine de chaleur et d'approbation.

Ray Iburg !

Michael sentit l'aura de Ray effleurer la sienne, puis s'y fondre pour un dernier adieu.

Deux autres auras remplacèrent celle du premier propriétaire du Musée de l'OVNI, l'enveloppant sans la moindre colère. Même si Michael sentit leur tristesse, une émotion dominait : l'amour.

Car ces êtres qu'il n'avait pas connus et ne connaîtrait jamais l'aimaient.

— Ce sont nos parents, dit Trevor.

Michael l'avait compris. Il laissa leur affection le submerger, désireux de la graver dans sa mémoire.

Quand il ferma les yeux pour mieux y goûter, il s'aperçut qu'il pleurait.

— Ne partez pas…, souffla-t-il.

Mais les deux êtres durent se détacher de lui.

Quelques mots de leur langue inconnue résonnèrent tendrement à ses oreilles. Puis il sentit l'amour qu'ils lui portaient grandir et brûler jusqu'à ce qu'une partie reste imprimée comme au fer rouge dans son cœur.

Alors, les auras s'évanouirent.

Après lui avoir dit adieu.

Une pensée explosa dans l'esprit de Michael, qui rouvrit les yeux.

Où est Max ?

Où était Max ? Allait-il sentir l'aura de son plus vieil ami envelopper la sienne à son tour ?

Pour un dernier adieu ?

Liz se coucha sur Max, le clouant au sol pour qu'il ne soit pas emporté par le vortex ouvert dans la cuisine. A travers le voile de ses longs cheveux bruns qui lui giflaient le visage, elle voyait son regard, toujours vide. Ses tentatives n'avaient rien donné, n'allumant pas d'étincelle au fond de ses prunelles…

Elle pressa ses lèvres sur la bouche de Max, l'embrassant avec toute sa fougue et sa passion.

Pas de réaction.

— S'il te plaît, reviens-moi ! Je t'aime tellement… Je n'ai pas de mots pour dire à quel point je t'aime. Personne ne les a imaginés. Le genre de formule chimique qui demanderait des milliards de tableaux pour être rédigée !

Liz l'embrassa de nouveau. Soudain, elle heurta le sol…

Il avait disparu, ses molécules si brutalement dispersées qu'elle n'avait pas eu le temps de réagir…

— Oh, non !

Elle leva la tête comme si elle s'attendait à le voir nonchalamment appuyé contre un mur, lui adressant le sourire qu'il ne réservait qu'à elle.

— Max !

En esprit, elle entendit sa réponse…

Je reviendrai toujours vers toi. Même si mes molécules étaient dispersées entre ici et la galaxie de ma planète d'origine, ça ne m'arrêterait pas !

Toutes agiraient comme autant de pigeons voyageurs... Et je me rematérialiserais près de toi !

La voix du souvenir... Max lui avait parlé ainsi, jadis. Liz lui avait répondu que sa théorie, par ailleurs très romantique, n'avait aucun fondement scientifique.

— Mais c'est peut-être ça, la formule de l'amour..., murmura-t-elle. Peut-être est-ce lui le lien le plus fort entre les molécules, et pas les électrons...

Les bras tendus, elle lutta pour ne pas être entraînée par le vortex. Si elle parvenait à disperser les molécules de son corps, peut-être trouveraient-elles leurs homologues, chez Max, pour s'unir à elles ? Alors, à supposer qu'elle ne recouvre jamais son intégrité corporelle, elle serait avec Max pour l'éternité...

Rien ne comptait plus à ses yeux.

Mais elle n'était pas une extraterrestre. Elle n'avait aucun pouvoir. Disperser ses molécules sans l'aide d'un ami d'un autre monde... Impensable !

Je dois quand même essayer !

Elle se souvint du jour où Max avait découvert qu'il pouvait disperser ses molécules... Il était connecté à la conscience collective, les êtres qui la composaient explorant ses souvenirs. Il avait eu l'impression de se dissoudre, puis... Son corps avait commencé à disparaître, ses molécules s'éloignant les unes des autres.

Le premier souvenir qui vint à l'esprit de Liz ?

Max, une main sur son ventre, guérissant sa blessure par balle… Elle s'imagina en train de le projeter dans l'univers, aussi loin d'elle que possible.

Elle avait embrassé la joue froide de Rosa, allongée dans son cercueil.

Ce souvenir aussi, elle l'envoya dans les étoiles.

Elle ne cacha rien. N'éprouvant ni honte ni fierté, elle n'avait plus de secret.

Elle projeta le souvenir de ses premières règles. Elle venait de prendre sa douche… Un instant, elle avait cru avoir contracté une maladie étrange. Un docteur devrait l'examiner très intimement… Elle envoya aussi le souvenir d'un mensonge…

A l'âge de quatre ans, elle avait volé un petit camion dans un magasin…

Liz libéra chaque pensée que lui avait inspirée Max, bonne ou mauvaise, tous les fantasmes qu'elle avait nourris, même les plus extravagants, étonnée qu'ils aient pu germer dans son esprit…

Elle envoya encore le souvenir du chaton de Maria lui griffant la lèvre inférieure parce qu'elle l'avait trop excité avec un bout de ficelle. Elle révéla à l'univers entier la colère que lui inspirait son père – choquée de constater que cette rancune était toujours présente dans son cœur.

Son corps devint léger. Liz ne souleva pas la tête pour voir s'il se passait réellement quelque chose ou si son imagination lui jouait des tours.

Elle projetait ses souvenirs vers l'infini…

La gravité la libéra. Son cœur cessa de battre. Ses poumons arrêtèrent d'aspirer de l'air.

Tout devint noir.

Puis une lumière argentée jaillit.

Pourtant, Liz n'avait plus d'yeux. Ni de corps. Mais elle « voyait » pourtant la lumière argentée.

Celle-ci explosa en une myriade de fragments. Des étoiles ! Liz était entourée par un champ d'étoiles...

Peut-être sommes-nous la binaire que nous avions observée, cette nuit-là, dans le désert...

Comment pouvait-elle encore « entendre » des pensées... ? Ou s'imaginer être une de ces étoiles ? Une chose était sûre : c'était la voix de Max.

L'étoile la plus proche grossit et changea de forme. Max... Un Max argenté enveloppé d'une douce lumière...

Il tendit une main pour lui caresser le visage... Elle avait un corps, tout compte fait ! A l'image de celui de son compagnon, il était fait de lumière...

Elle l'attira, l'enlaçant farouchement, déterminée à ne plus jamais le lâcher. Un instant, ils se fondirent l'un dans l'autre, devenant une seule étoile. Puis ils se séparèrent de nouveau.

Nous devons rentrer. Les autres ont peut-être besoin de nous..., dit Max.

Liz éclata mentalement de rire.

Tu ne changeras jamais ! « Monsieur Responsabilité », envers et contre tout ! C'est un des nombreux traits de caractère que j'aime chez toi...

Je sais, répondit Max. *J'en sais beaucoup, maintenant. Il faudra que nous parlions de... tes fantasmes...*

Il lui prit la main. De l'autre, il lui montra une petite boule bleue, très loin. La Terre... Puis Liz sentit ses molécules se dissoudre de nouveau et se mêler à celles de Max.

— Oh, mon Dieu ! Regardez ! cria Maria pour couvrir le bruit de succion du vortex. Dites-moi que je ne rêve pas... !

— Max ! s'exclama Isabel.

— Non, je ne rêve pas ! glapit Maria.

C'était... phénoménal ! Téléportés dans le musée, Max et Liz avaient l'air si heureux, si amoureux, que leurs corps étroitement enlacés brillaient. Sans se lâcher, ils marchèrent en direction du mur où leurs amis s'étaient attachés et se placèrent entre Maria et Isabel.

Maria passa un bras autour de la taille de Liz et l'étreignit pour qu'elle ne soit pas emportée par le vortex. De sa main libre, elle prit la chemise de Max. Il lui sourit, reconnaissant. Ses yeux étaient brillants...

— Bonjour, tout le monde ! cria-t-il.

— Vous êtes en retard, les amis ! répondit Michael. Nous avons presque tout fait sans vous !

Malgré le vacarme, Maria entendit le soulagement qui faisait vibrer sa voix.

— Nous ne garderons plus le vortex ouvert très longtemps ! cria Trevor.

Maria eut l'impression qu'il avait pris une batte de base-ball pour l'assommer… Sa joie de revoir Max coula comme du sang coule d'une blessure ouverte… A un niveau intellectuel, elle était heureuse pour Liz et Max… Extatique, en réalité ! Mais pour l'instant elle n'éprouvait aucune joie.

Comment l'aurait-elle pu ? Michael partirait pour toujours… Emportant avec lui toutes ses chances de vivre un amour comme celui qui unissait Max et Liz…

Elle n'aimerait plus jamais comme elle aimait Michael. Impossible !

— Isabel ? demanda Trevor. Viens-tu avec nous ?

Izzy serra son frère dans ses bras, ses doigts effleurant ceux de Maria.

— Non. Ma famille est ici. *Toute* ma famille.

Elle sourit à Maria.

— Dans ces conditions, comment pourrais-je partir ?

Trevor déboucla le harnais qui le maintenait au mur. Il enroula une sangle autour de son poing, pour ne pas disparaître aussitôt dans le vortex.

— Isabel, je… reviendrai. Je ne sais pas combien de temps ça me prendra, mais je te promets de revenir un jour !

— Oui ! cria Michael.

Il déboucla à son tour son harnais et prit son frère par l'épaule.

— Allons-y !

C'est tout ? pensa Maria. *C'est* tout *? Il se contente de lancer un « oui ! » en guise d'adieu* *aux seules personnes qui ont compté pour lui ? Et il s'en va, comme ça ?*

Elle aurait dû être dans une colère noire. Mais elle ne ressentait rien…

D'ailleurs, elle ne ressentirait plus jamais rien.

Car elle avait le cœur brisé.

CHAPITRE XIII

Michael affermit sa prise sur l'épaule de Trevor.

Et voilà…

Il rentrait chez lui, ravi de ne pas avoir le temps de dire au revoir… et de faire des bêtises.

Max savait que Michael était heureux qu'il s'en soit sorti vivant. Inutile de le lui dire. Et Izzy n'ignorait pas non plus qu'il penserait à elle chaque jour de son existence. Cela aussi, inutile de l'exprimer à voix haute.

Quant à Maria…

Il voulut la regarder une dernière fois. Ses yeux croisèrent les siens… Sans qu'il y eût le moindre contact physique – le vortex l'interdisait – une connexion s'établit instantanément entre eux.

Des fragments de la vie de Maria le submergèrent.

Maria lui révélant qu'enfant, elle aimait les crayons couleur lavande…

Maria ordonnant à Trevor de lui dire ce qu'il avait fait à son petit frère Kevin…

Maria l'aidant à passer d'un foyer d'adoption à

un autre, sans se demander s'il appréciait ou non sa présence…

Maria recrachant du soda par le nez pendant la scène d'*Evil Dead 2* où le type se cassait des assiettes sur la tête…

Maria pleurant à chaudes larmes devant la fin de *Starman*…

Maria torturée par Elsevan DuPris dans le salon du ranch abandonné…

Maria endormie sur le siège avant de la Cadillac, ses lèvres couleur framboise légèrement entrouvertes…

Des racines…, comprit Michael.

Chaque souvenir de Maria était comme une racine enfoncée dans sa chair… Il voulut détourner les yeux, briser la connexion établie à la seconde où son regard avait croisé celui de la jeune fille…

En vain !

Les images continuèrent d'affluer, mettant tous ses sens à contribution.

L'odeur de son oreiller…

Le parfum qui se dégageait de ses cheveux blonds… Ses fous rires incontrôlables…

Le goût du glaçage qu'il avait léché au bout de son index…

La chaleur douce et humide de sa bouche…

La force de ses bras quand elle l'attirait à elle, comme pour ne plus le lâcher…

Mobilisant l'énergie qui lui restait, il réussit à fermer les yeux.

Peine perdue… Il continuait de voir Maria…

… Qui le dévorait du regard comme s'il était son univers.

— Qu'est-ce qui ne va pas, Michael ? demanda Trevor.

Ces racines sont trop nombreuses…

S'il suivait son frère dans une autre galaxie, les racines arrachées de son corps emporteraient une trop grande partie de lui… Et que resterait-il de Michael Guerin hormis une coquille vide… ?

Il rouvrit les yeux.

— Trevor, je ne peux pas t'accompagner ! Désolé !

Son frère le dévisagea puis hocha la tête, montrant qu'il comprenait.

— Tu n'as pas à t'excuser ! Le vortex va bientôt se refermer ! J'aimerais rester, mais…

— Ils ont besoin de toi, là-bas ! acheva Michael.

Il voulut tendre à Trevor la Pierre de Minuit qu'il tenait toujours, mais celui-ci la repoussa.

— Garde-la !

Il saisit une sangle et l'enroula autour de la main de Michael qui serra très fort. Puis il lâcha l'épaule de son frère.

Trevor se tourna vers Isabel et lui sourit. Puis il lâcha la sangle. Ses pieds décollèrent du sol.

Le vortex le souleva… l'engloutit.

Et se referma derrière lui.

Le changement de pression boucha les oreilles de Michael. Un long moment, personne ne parla… Puis tous jacassèrent à la fois.

Les mots tourbillonnaient autour de Michael…

— Comment avez-vous… ?

— Tu allais partir… !

— Tes molécules étaient… !

Il ignora cette cacophonie.

Lâchant la sangle, il rejoignit Maria en deux enjambées.

Les yeux rivés sur son harnais de sécurité, elle ne releva pas la tête. Pourtant elle savait qu'il était là. Il l'aurait juré.

— Tu as enfin compris que Max et Isabel aussi font partie de ta famille… Je suis certaine que tu reverras Trevor un jour, mais Max…

Pourquoi lui parlait-elle de Max et d'Isabel ? Ne savait-elle pas pourquoi – ou plutôt pour *qui* – il était resté ?

Impatient, il écarta du harnais les mains de Maria. En esprit, il *tira* sur les molécules des sangles qui la retenaient.

Michael avait cru que Maria se jetterait dans ses bras. Elle n'en fit rien, ne levant pas même les yeux vers lui.

Il se pencha pour voir son visage, qu'elle gardait obstinément baissé. Des larmes sillonnaient ses joues. Il s'aperçut qu'elle tremblait des pieds à la tête.

Il examina son aura. Il y avait de la joie à la surface du lac d'un bleu intense, mais aussi de l'incertitude. De l'espoir et des doutes. De la tristesse.

— C'est bon, tu m'as détachée. Tu peux y aller. Va dire à Max que tu es content de le revoir…

Cette fille était stupide ! Elle n'avait pas compris pourquoi il restait sur Terre !

Mais comment le pourrait-elle ?

Depuis des semaines, ne passait-il pas son temps à la repousser ?

— Maria…

Ce qu'il aurait voulu dire resta coincé en travers de sa gorge.

Il l'attira à lui, enfonçant les doigts dans la masse soyeuse de ses cheveux bouclés. Il l'embrassa.

Dieu, cela faisait si longtemps…

Comment avait-il pu survivre sans cela ? Comment avait-il pu *essayer* ? Il n'existait rien de comparable dans l'univers…

Michael approfondit leur baiser. Il avait l'impression qu'il n'en aurait jamais assez.

Jamais…

Un gémissement involontaire lui échappa quand elle s'écarta de lui, le repoussant.

— Je veux te l'entendre dire !

Elle plongea son regard dans le sien.

— Me l'entendre dire… ? répéta-t-il, troublé.

Comment pouvait-elle formuler une pensée cohérente après un tel baiser ?

— Allez, Michael. J'attends ! Ce sont quelques mots, c'est tout.

— Trois, pour être exact, précisa Isabel.

Michael avait presque oublié que Maria et lui n'étaient pas seuls.

— Pense à un mot commençant par un *a*, renchérit Alex.

Le cœur battant la chamade, Michael laissa courir ses doigts sur la joue de Maria. Le croyait-elle incapable de dire ça ? Pensait-elle sincèrement que ce serait trop difficile pour lui ?

— Je t'aime !

Les mots s'envolèrent de sa bouche comme des oiseaux libérés de leur cage. Cela lui fit un bien fou. A tel point qu'il eut envie de les crier.

— Je t'aime, Maria !

Les étincelles argentées qui constellaient sa magnifique aura bleu saphir brillèrent comme des étoiles.

— Moi aussi, je t'aime !

— Alex, tu as vu la tête que faisait Michael ? demanda Isabel. Sur le moment, il ne savait pas ce que Maria avait envie d'entendre !

— C'est vrai. Le pauvre garçon a toujours été un peu bouché.

— Au contraire de Max. *Lui* a su qu'il était amoureux de Liz dès qu'il l'a vue !

Isabel jeta un coup d'œil à son frère. Le peu qu'elle aperçut de lui la rasséréna. Liz et lui étaient toujours enlacés…

— Euh… n'as-tu pas l'impression qu'on est de trop ? ajouta Alex.

Il désigna les deux couples : Liz et Max, Maria et Michael.

— Je me sens un peu seule, si tu veux le savoir,

admit Isabel. Quand Trevor a disparu, il y a eu comme un vide douloureux au plus profond de moi.

Alex écarta doucement les mèches qui tombaient sur le visage d'Isabel et lui passa un bras autour des épaules. Elle s'abandonna, laissant sa chaleur l'envahir.

— Tu as beaucoup changé, dit-il.

— Non, du tout. J'ai toujours été parfaite.

— D'accord. Mais avant, tu n'aurais jamais reconnu que tu te sentais seule. Ç'aurait été trop humiliant pour Isabel Evans, la fille qui n'a besoin de rien ni de personne.

— C'est faux ! J'ai toujours eu besoin des gens…

— Evidemment. Mais tu ne l'aurais avoué pour rien au monde. Aujourd'hui, tu arrives à te confier.

Il marquait un point.

— Seulement à quelques personnes triées sur le volet. (Isabel se tourna pour le regarder dans les yeux.) Seulement à ceux en qui j'ai confiance.

Alex hocha la tête.

— Toi aussi tu es plutôt bouchée, parfois. Il t'en a fallu du temps pour comprendre que tu pouvais te fier à moi… Tu as compris que je ferais n'importe quoi pour toi… Bon sang, si tu savais ce que ça me fait plaisir !

Il posa un rapide baiser sur les lèvres d'Isabel.

— Je sais, affirma-t-elle.

Oui, elle avait été « bouchée », traitant injustement Alex. Combien de fois lui avait-elle reproché des choses dont il n'était pas coupable ?

Pourtant, il était là.

A ses côtés.

— Je ferais n'importe quoi pour toi, insista Alex. Si ton bal de la promo approche et que tu n'as pas de cavalier, je te ménagerai une petite place sur mon agenda. Depuis quelque temps, il est vraiment chargé, et je…

— Alex ! glapit Isabel en lui flanquant une tape sur la tête.

— Difficile d'accepter que la roue de la popularité puisse tourner, n'est-ce pas ? Un jour tu es au sommet. Le lendemain c'est au tour de… euh… c'est *mon* tour d'y être ! Tu as beaucoup de chance que je ne sois pas rancunier, Isabel Evans.

Elle le serra dans ses bras, les yeux fermés.

— Oui, j'ai beaucoup de chance…

— Alors, tes molécules… (Max s'interrompit pour caresser la lèvre supérieure de Liz)… se sont dispersées et ont retrouvé les miennes ?

Il posa un baiser sur la lèvre inférieure de sa compagne. Ça faisait si longtemps… Trop ! Prisonnier aux confins de la conscience collective, il avait gardé sa santé mentale grâce au souvenir de ses moments heureux avec Liz…

— Oui, je crois que c'est ça.

Liz l'embrassa dans le cou.

— A moins que… (elle posa les lèvres à la base de sa gorge)… tes molécules n'aient attiré les miennes à elles… C'est encore plus logique.

Sa bouche revint sur celle de Max.

Il était de retour chez lui.

Oui, chez lui !

Max l'attira plus près de lui, la soulevant un peu du sol. Elle replia les jambes autour de ses hanches et enfouit les mains dans ses cheveux.

— Je ne laisserai plus rien se mettre entre nous. Jamais ! murmura-t-il contre ses lèvres.

— C'est vrai… Rien n'arriverait à se glisser entre vous en ce moment ! lança Alex. Tu sais, Max, ta sœur aimerait beaucoup te dire à quel point elle est heureuse de te revoir sain et sauf…

Max reposa Liz qui voulut s'écarter. Un bras passé autour de sa taille, il l'en empêcha.

L'autre bras tendu, il attira Isabel à lui.

— Merci de m'avoir ramené, Iz… (Il sentit l'aura de sa sœur se mêler à la sienne et à celle de Liz.) Je suis désolé de…

— Tais-toi ! fit Isabel. Quant à toi… (elle tendit une main vers Alex)… viens ici, « Monsieur Popularité » !

Elle l'attira dans leur étreinte.

Max sourit de joie quand l'aura brillante d'Alex se joignit aux leurs.

— Michael ! Maria ! Venez ! cria Isabel. Aucun de nous n'a envie de vous voir vous rouler sur le sol !

Les deux dernières auras se joignirent à celles de Max, de Liz, d'Isabel et d'Alex.

Le vert émeraude, l'ambre, l'orange solaire, l'améthyste, le bleu saphir et le rouge sang les enveloppèrent, renforçant leur intimité.

De sa vie, Max n'avait jamais rien vu de plus beau.

Il regarda ses amis – les membres de sa famille. Ils lui avaient sauvé la vie. Un seul mot lui venait à l'esprit pour définir cet instant : plénitude. Une plénitude faite de tout ce qu'il y avait de bon, de joyeux et de pur dans l'univers.

— Vous souvenez-vous… ? demanda Liz, croisant leurs regards à tour de rôle.

Tous sourirent en repensant à leur première connexion, à l'époque où ils ignoraient s'ils pouvaient vraiment se faire confiance… Ça semblait si loin… Pourtant, ce souvenir-là s'imposait à Max.

Il serra Liz et Isabel plus fort et soupira de bonheur.

— Comment pourrions-nous jamais oublier ?

Achevé d'imprimer sur les presses de

BUSSIÈRE

GROUPE CPI

à Saint-Amand-Montrond (Cher)
en septembre 2002

FLEUVE NOIR
12, avenue d'Italie
75627 Paris Cedex 13
Tél. : 01-44-16-05-00

— N° d'imp. : 25209. —
Dépôt légal : octobre 2002.

Imprimé en France